In einem Restaurant in Venedig erinnern sich zwei alte Studienfreunde an ihre längst vergangene Studentenzeit. Besonders lebhaft ist den beiden das Musikwissenschaftliche Institut in Erinnerung. Unvergessen sind etwa der »göttliche Giselher«, der alles über Musikinstrumente wusste, ohne ein einziges spielen zu können, oder die schöne Helene Romberg, die allen den Kopf verdrehte. Vor allem sprechen sie aber über einen Kommilitonen, der wegen seiner Akribie der Meister genannt wurde. Um seinen kargen Lebensunterhalt aufzubessern, verfasste er für ein Musiklexikon Artikel – und erfand dabei so manchen Komponisten hinzu. Als jedoch eine eifrige Studentin über einen dieser Musiker, Thremo Tofandor, zu forschen begann, kam der Meister in Bedrängnis. Um nicht überführt zu werden, erfand er immer neue Details: den Wohnort desselben, einen Briefwechsel Tofandors mit Hindemith – und komponierte am Ende sogar die Werke des Phantomkomponisten. Bald gab es keinen Zweifel mehr: Tofandor existierte - und wurde seinem Schöpfer am Ende zum Verhängnis …

HERBERT ROSENDORFER (1934 - 2012), in Bozen geboren, war Richter und wurde 1990 von der LMU München zum Honorarprofessor für Bayerische Literaturgeschichte ernannt. Er veröffentlichte Romane, Erzählungen, Theaterstücke, Fernsehspiele, Reiseführer, musikalische Abhandlungen, Libretti und historische Werke. Darüber hinaus schuf er einige Kompositionen. Neben vielen anderen Ehrungen erhielt er 1999 den Jean-Paul-Preis des Landes Bayern für sein Gesamtwerk und bei der Corine 2010 den Ehrenpreis für sein Lebenswerk.

Herbert Rosendorfer

DER MEISTER

Roman

btb

Verlagsgruppe Random House FSC® N001967
Das für dieses Buch verwendete FSC®-zertifizierte
Papier *Lux Cream* liefert Stora Enso, Finnland.

2. Auflage
Genehmigte Taschenbuchausgabe August 2014,
btb Verlag in der Verlagsgruppe Random House GmbH, München
Copyright © der Originalausgabe 2011 by Edition Elke
Heidenreich bei C. Bertelsmann, München, in der Verlagsgruppe
Random House GmbH
Umschlaggestaltung: semper smile, München
Umschlagmotive: © DaZo Vintage Stock Photos images.com / Corbis
images; Plainpicture / Millenium; Ola Dusegard / iSTockphoto
Druck und Einband: CPI – Clausen & Bosse, Leck
UB · Herstellung: sc
Printed in Germany
ISBN 978-3-442-74787-0

www.btb-verlag.de
www.facebook.com / btbverlag
Besuchen Sie auch unseren LiteraturBlog www.transatlantik.de

Dem Andenken
meines alten Freundes
Cornelius Eberhardt
(1932–2011)
gewidmet

»Trümmer von Sternen:
aus diesen Trümmern
bilde ich meine Welt.«

FRIEDRICH NIETZSCHE

ICH HATTE CARLONE dort kennengelernt, wo ich eigentlich nichts zu suchen hatte: im Musikwissenschaftlichen Institut. Ich will nicht erwähnen – wie nennt man das, wenn ich es doch erwähne? nein, nicht Oxymoron, das ist etwas anderes: Paralypse, glaube ich –, daß es das Kolleg über die sogenannte *Freiwillige Gerichtsbarkeit* war, in dem ich eigentlich etwas zu suchen gehabt hätte. Dies ein Oxymoron, vielleicht: *Freiwillige Gerichtsbarkeit.* Wer geht schon freiwillig zum Beispiel zum Vormundschaftsgericht. Oder zum Nachlaßgericht, es sei denn, der reiche Onkel ist gestorben, was selten vorkommt. Meist stirbt der arme Onkel, und die Kosten für den Kranz fressen die Ersparnisse auf. Oder er, der reiche Onkel, vermacht hinterhältig – er hatte einen, auch nur als Beispiel, gutgehenden Kran-Verleih – das Vermögen seiner Gaby, von der er die ganze Familie vorher wohlweislich nie etwas hatte hören lassen. Und der Nachlaßrichter, zu dem man unfreiwillig hingeht, erklärt einem dann, daß zwar gegenüber Vater und Mutter ein Pflichtteils-Anspruch besteht, nicht aber gegen einen verblichenen Onkel.

»Viel versäumt hast du nicht«, sagte später der Kollege Wolfhaupt, der brav im Kolleg war, »der Professor hat langatmig über *Gesetzliche Erbfolge* und den *Pflichtteils-Anspruch* geredet, und was da der Unterschied ist. Kannst es in seinem Buch nachlesen.«

Dagegen hätte ich im Proseminar über Gustav Mahler sehr wohl etwas versäumt.

Das alles ist über fünfzig Jahre her.

*

Da gehe ich heute in Venedig in ein Restaurant in der Nähe der Rialtobrücke, es heißt *La Madonna,* und treffe wen? Man muß wissen, daß dieses Restaurant, die Trattoria *La Madonna,* eine Ausnahme von der Regel bildet, daß man unter keinen Umständen in der Nähe des Rialto oder des Markusplatzes seinen Fuß essenshalber über die Schwelle eines gastronomischen Etablissements setzen darf, wenn man nicht der gängigen Auslegung des Preis-Leistungs-Verhältnisses venezianischer Touristenausnehmer zum Opfer fallen will. Aber die *Madonna* in der gleichnamigen Calle (diese aber seltsamerweise ohne zweites *n: Madona*) befindet sich nicht in ganz unmittelbarer Nähe des Rialto, sondern etwas versteckt in der genannten Gasse, die zudem auch am Tag finster ist und, wie gesagt, überhaupt eine Ausnahme, die sich schon dadurch manifestiert, daß dort Einheimische verkehren. Es gibt Einheimische in Venedig, also sogenannte Venezianer. Wenige, aber es gibt sie. Sie wohnen zwar zumeist in Mestre, aber ein paar … ja, und die gehen in die *Madonna*.

Oft habe ich das Gefühl: alle.

Das bringt mit sich, daß in dem an sich eher geräumigen Lokal die Tische auf Tuchfühlung aneinandergerückt stehen, daß man kaum an den anderen Essern vorbei zu dem vom Kellner zugewiesenen Tisch gelangt und daß man möglichst keinen zu langen Fisch bestellen sollte, weil dessen Schwanz oder Kopf sonst dem Nachbarn in die Spaghetti ragt.

Und laut. Tosender Lärm. Bestellungen werden gebrüllt, es wird nach *il conto*, nach Öl, Salz, einer neuen Serviette, einer Gabel, um Hilfe gerufen. Die vielen Kellner – tadellos in Weiß/Schwarz, versteht sich – wuseln … (Ein beliebtes Spiel unter Venezianern: Wie viele Kellner bedienen in der *Madonna*? Nicht zu zählen, verschiebt sich ständig. Es ist so etwas wie die Heisenbergsche Unschärferelation.)

Alles in allem: Nie ein Platz frei, wenn man unangekündigt kommt. Es sei denn, man hat Glück. Ich hatte Glück: Ein einziger Platz an einem Zweiertisch war frei. Der Kellner fuchtelte wegweisend in die Richtung. Und wer saß schon an dem Tisch? Carlone.

*

Die Tiefe der Jahre: fünfzig. Ein halbes Jahrhundert. Kaum weniger als, zum Beispiel, Beethoven gelebt hat. Was ist da alles passiert in den fünfzig Jahren?

»Können Sie sich noch an die Mondlandung erinnern?«

»Ach ja.«

»Können Sie sich noch an den Marxismus – Leninismus erinnern?«

»Ach ja.«

Vor fünfzig Jahren – da hat, auch zum Beispiel, Strawinsky noch gelebt. Jetzt ist er schon zum Klassiker geronnen.

Aber ich habe Carlone sofort wiedererkannt.

»Am starken Hüftumfang erkennt man den ehemaligen Sportler«, sagte er.

(Auch schon damals! Hat nie einen Tennisschläger oder einen Skistock angefaßt. Der Glückliche.)

Der Hüftumfang war ein bißchen »stärker« geworden, aber sonst: »Reifer«, sagte er. »Schöner«, sagte ich.

»Und was machst du in Venedig?« fragte ich.

»Nichts«, sagte er, »auf und ab gehen. Und was machst du in Venedig?«

»Nichts«, sagte ich, »auf und ab gehen.«

Und wir redeten von den alten Zeiten. Es war nicht so, daß wir einander in den fünfzig Jahren ganz aus den Augen verloren hatten. Ab und zu kreuzten sich unsere Wege. Später, wie es so kommt, meist bei Beerdigungen. Zum Beispiel bei der Beerdigung des alten Goblitz. Er war Carlones Doktorvater gewesen, dann für kurze Zeit sein Chef als Assistent am Musikwissenschaftlichen Institut. Ich war hingegangen, weil von meiner Fakultät keiner sonst Zeit hatte: »Und einer muß hingehen, Goblitz war Ehrensenator oder so irgendwas, und Sie haben ihn doch gekannt?«

»Ich ihn schon, ob er mich – ich weiß nicht.«

»Immerhin.«

Goblitz war dafür berüchtigt, daß er als Musikwissenschaftler peinlich vermied, Musik zu hören. Professor Julius Goblitz, zu seiner Zeit der Nestor der Musikologie. Keinem Ton öffnete er sein Ohr. Bei seiner Beerdigung allerdings sang dann ein Chor, und ein Organist spielte die Orgel.

»Warum klingt Orgel eigentlich immer irgendwie falsch?« flüsterte mir damals Carlone zu. Er saß bei der Trauerfeier neben mir.

»Das war doch eine seiner Begründungen dafür, warum er nie Musik hörte!«

Er wisse sehr gut, betonte Goblitz oft, warum er vermeide, Musik zu hören. Er *lese* Musik. Zum Beispiel: Orgel. Eben. Klingt immer falsch, es hallt nach, und die Töne purzeln ineinander, schauderhaft. Orgelwerke könne man nur *lesen*. Wolle man Orgelwerke *rein* hören, nehme man die Noten, setze sich hin …

… aber auch alles andere. Klaviere seien grundsätzlich verstimmt. Klavierstimmer seien die Menschen mit dem schlechtesten Gehör der Welt, so Goblitz. Entweder zerrten sie von der dreigestrichenen Oktave an alles nach oben oder quetschten es zusammen. Jedenfalls: grauenvoll.

»Und was sie mit den Baßtönen machen! Gehen Sie mir! Gehen Sie mir!«

·Und erst die Orchester. Sauber spielende Hornisten gebe es nur in der Theorie. Und die Geiger. Er habe zu der Zeit, als er noch ab und zu Musik *gehört* habe, einmal nachgezählt und festgestellt, daß bei einem berühmten! ganz berühmten!! sogenannten Weltklasseorchester die ersten Geigen drei verschiedene Striche gehabt hätten. Wo eigentlich nur zwei möglich seien. »Man sieht also! Respektive hört. Besser: hört nicht.«

Und erst die Sänger. Diese Vierteltontenöre, die exakt einen Viertelton zu hoch sängen, damit sie »strahlen«. Nein, nein, Musik könne man nur *lesen*.

Überhaupt: die *Kunst der Fuge*. Kein Mensch wisse, für welches Instrument Bach das geschrieben habe. Es passe hinten und vorne nicht, nicht für Orgel, nicht für Klavier, nicht für Streichquartett …

»Eben. Bach hat die *Kunst der Fuge* fürs Lesen geschrieben.«

Nicht nur ich hatte den Verdacht, daß die ganze Argumentation nur Ausrede war. In Wirklichkeit langweilte ihn die Musik, also diejenige, mit der sich Musikwissenschaft befaßt. Ein anderer im Seminar, der sogenannte »Göttliche Giselher«, mußte einmal mit einem irgendwie hochwichtigen Dokument, das vom Rektorat gekommen war und das der Institutschef jetzt und sofort unterschreiben mußte, rasch in Goblitz' Wohnung. Mit dem Fahrrad, schnell. Goblitz mochte das nicht, lud nie zu sich ein. War je einer seiner Studenten oder Assistenten in Goblitz' Privatsphäre eingedrungen? Nein. Der Göttliche Giselher läutete. So schnell konnte Goblitz den Plattenspieler nicht abstellen: die Comedian Harmonists: »Mein kleiner grüner Kaktus …«

Goblitz behauptete später, das sei die Putzfrau gewesen. Die habe die Platte aufgelegt.

»Warum aber«, fragte man sich hinter vorgehaltener Hand, »hat der Alte dann einen Plattenspieler? Wenn er Musik nur *liest*? Nur für die Putzfrau?«

»Was macht eigentlich der Göttliche Giselher, lebt er noch?« fragte ich in der *Madonna*. »Und die schöne Helene Romberg?«

*

Das Musikologische Institut hatte eine gewisse Sonderstellung, denn es war ausgelagert. Dem Chef war das nur recht. »Der Himmel ist hoch, der Zar – in unserem Fall der Rektor und die Verwaltung – ist weit. Ein altes russisches Sprichwort.« Ich war so oft dort, daß ich jetzt fast »wir« gesagt hätte: Wir waren – nein richtig, *sie*, die Musikwissenschaftler, waren in das Stadtarchiv ausgelagert, schon seit der Nachkriegszeit, hatten dort den ganzen zweiten Stock für sich.

Ein größerer Vorlesungsraum, ein kleinerer Seminarraum, das Zimmer des Institutsvorstandes, das Vorzimmer mit dem King-James- (oder King-Charles-? jedenfalls Stuart-) Spaniel, der von Frau Kriegar-Ohs, der Institutssekretärin, begleitet wurde (man bemerke die Reihenfolge!). Und ein etwas größeres Zimmer, in dem mißmutig der Hauptassistent von Goblitz saß, ein gewisser Dr. Rosenfeld, der seit Menschengedenken vor sich hin habilitierte. Der hatte sich, ummauert mit den Folianten der *Denkmäler deutscher Tonkunst,* eingeigelt, in einem Eck verschanzt, so gut es ging. Ans Fenster gerückt zwei sperrmüllhafte Schreibtische; an dem einen saß, wenn er (selten) da war, Freudmann, der Hilfsassistent, am anderen zeitweilig der Doktorand Föger.

Die Bibliothek natürlich. Quoll über. Dr. Rosenfeld und der Göttliche Giselher, auch Föger versuchten sich der Bücherflut entgegenzustemmen. Es half nichts.

»Es ist so«, sagte Dr. Rosenfeld, »daß die Wege der Forschung, die die Musikwissenschaft in diesem Institut nimmt, davon bestimmt sind, welche Bücher zufällig gefunden werden.«

Großen Zulauf fanden Goblitz' musikwissenschaftliche Vorlesungen nicht, auch nicht seine Seminare und die Proseminare, die Rosenfeld und Freudmann abhielten:

Vorlesung:	*Die Mensural-Notation von 1240 bis 1460*
	(I. jetzt, II. im nächsten Semester)
	oder
	Das vorreformatorische Gemeindelied
	oder (das hatte mehr Zulauf):
	Sprache und Melodie bei Schubert
Seminare:	*Die Opern-Ouvertüre im 18. Jh.*
	(Rosenfeld)
	oder
	Bruckners A-Capella-Werke
	(auch Rosenfeld)

Proseminare: *Passion und Oratorium: Bach und Mendels-sohn*
(Freudmann)
Die Mondsee-Wiener Liederhandschrift
(auch Freudmann)
(Dieses Proseminar war ein Flop. Es kam kein Hörer, kein einziger. Freudmann hatte die Stirn, im nächsten Semester *Die Mondsee-Wiener Liederhandschrift II* anzu-kündigen. Es kam *einer*.
Aber Freudmann kam nicht, denn damit hatte er nicht gerechnet. So fiel auch *II* aus. Die *Mondsee-Wiener Liederhandschrift* blieb also – vorerst – von Forschung und Lehre verschont.)

Mich als hineinschmeckenden Fachfremden, schöner ge-sagt: Gasthörer, berührte das alles wenig. Ich konnte den seltsamen Betrieb ungerührt von außen betrachten, aber sehr oft benutzte ich die Bibliothek. Ich rühme mich, daß ich wohl der einzige war, der – mit dem ausgerüstet, was ich, in Analogie zum absoluten Gehör, den absoluten Blick nenne – wußte, wo ungefähr welches Buch stand.

Bevor ich mich das erste Mal bescheiden in einem Proseminar in die hintere Bankreihe klemmte, fragte ich artig bei dem Referenten an.

»Freilich dürfen Sie.« Dr. Freudmann war ja um je-den Hörer froh. Das Proseminar hieß: »Die Symphonien Gustav Mahlers«. Es war insofern bemerkenswert, als

Freudmann im ganzen Semester nicht über die Analyse der Einleitung des Kopfsatzes der ersten Symphonie hinauskam. Diese aber übergenau.

Ich fühlte mich damals – später nicht mehr – verpflichtet, mich mit den Arbeiten des Dozenten vertraut zu machen. Ich las also Freudmanns Aufsatz über die *Becking-Kurven*, den er in der Zeitschrift *Melos* veröffentlicht hatte. Freudmann nahm die krause Theorie Beckings offensichtlich ernst. Gustav Becking, ein deutscher Musikwissenschaftler an der NS-Universität Prag (er wurde 1945, aber nicht wegen der *Kurven*, erschossen), schenkte in seinem Buch *Der Rhythmus als Erkenntnisquelle* der Welt die Erkenntnis von eben den nach ihm genannten Kurven. Er fuchtelte beim Anhören von Musik verschiedener Komponisten mit den Händen, ließ auch andere Leute fuchteln und zeichnete mittels eines komplizierten Systems die dadurch entstandenen Linien, eben die *Becking-Kurven*, auf. Er behauptete, daß man quasi an der Kurve den Komponisten erkennen könne:

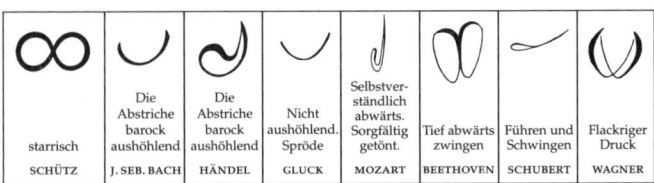

	Die Abstriche barock aushöhlend	Die Abstriche barock aushöhlend	Nicht aushöhlend. Spröde	Selbstverständlich abwärts. Sorgfältig getönt.	Tief abwärts zwingen	Führen und Schwingen	Flackriger Druck
starrisch							
SCHÜTZ	J. SEB. BACH	HÄNDEL	GLUCK	MOZART	BEETHOVEN	SCHUBERT	WAGNER

(Ein unbestreitbares Verdienst allerdings ist Becking nicht abzusprechen: Er war einer der ersten, der E.T.A. Hoffmann als Komponisten ernst nahm.)

Wie jeder Anfänger nahm ich staunend und respektvoll die Auslassungen Freudmanns über die Auslassungen Beckings unkritisch entgegen. Die Dissertation Freudmanns, die mir später in die Hände fiel, legte ich nach hundert Seiten weg. Freudmann entwickelte darin eine Theorie über den Zusammenhang der musikalischen Gestalt der Werke eines Komponisten mit dessen Haarfarbe. Dabei entdeckte ich – Neuland für mich – die Gesetze sekundärwissenschaftlichen Arbeitens. Freudmann legte deutliche Parallelen zutage zwischen der Textur melodischer Einfälle des nachweislich rothaarigen Vivaldi und denen Brahms', von dem er behauptete, er sei auch rothaarig gewesen. Weiter hinten untermauerte Freudmann seine Behauptung, Brahms sei rothaarig gewesen, mit der Ähnlichkeit seiner melodischen Textur mit der Vivaldis.

So glitt ich also, ohne von ihr professionell berührt zu werden, in die Musikwissenschaft hinein. Ich hielt mich bescheiden, unvorlaut (zurücklaut?) im Hintergrund, war aber gern gesehen. Es ging so weit, daß man sich fragte, wenn ich einmal eine Lehrveranstaltung versäumte (ich hatte ja schließlich noch mein eigenes, eigentliches Studium herunterzuspulen): »Wo bleibt denn der R.?«

Einmal hielt ich sogar ein Referat: über musikalische Parodie, wobei ich nicht den anderen, musikwissenschaftlichen Begriff »Parodie« behandelte, die Verwendung vorhandenen Materials aus weltlichen Werken für geistliche, also wenn Bach eine Nummer aus einer weltlichen Kantate in seine h-Moll-Messe übernahm, sondern den allgemeinen Begriff »Parodie«. Wenn sich Mozart zum Beispiel in *Così fan tutte* in der Fiordiligi-Arie »Come scoglio« über den Gestus der heroischen Oper lustig macht. (Mozarts *Così*, sagte ich hier nebenbei, ist der Triumph des Zivilisten über das Militär.)

*

»Was macht der Göttliche Giselher?« fragte ich in der *Madonna*.

Carlone lachte. »Ja, ach der. Der hat eine reiche Frau geheiratet und tut gar nichts mehr. Nur ab und zu schreibt er für irgendeine elitäre Zeitschrift einen Aufsatz über etwas, wovon er nichts versteht.«

Es gab zwei solche Existenzen am Rand des Instituts. (Nicht so weit außen am Rand wie ich. Beide hatten Musikwissenschaft als Nebenfach und waren also auf Scheine und Prüfungen angewiesen.) Zwei: den Göttlichen Giselher und den »Meister«. Sie unterschieden sich dadurch, daß der Göttliche Giselher von allem nichts verstand und der *Meister* alles besser wußte. Beim *Meister* kursierte hinter seinem Rücken das Wort: »Ein besonders gefährlicher Besserwisser, weil er es wirklich besser weiß.«

Der Göttliche Giselher war bei Licht betrachtet ein liebenswürdiger und umgänglicher Mensch, wenn man von seinen Vorträgen absah. Er war ein hellhaariger germanischer Baldur von ziemlicher Größe, allerdings kein Hüne, sondern mehr in Richtung Lichtgott, eben ein Baldur. »Er hat keine Glatze«, sagte einmal Dr. Rosenfeld, »nur durchsichtige Haare.« Vor seinen Vorträgen war man nie sicher, nicht einmal...

»Warum und wieso«, erinnerte ich mich in der *Madonna*, »ich mit ihm in die Stadt ging, weiß ich nicht mehr. Er beschloß plötzlich, eine Unterhose zu kaufen. Nun gut. Wir gingen in eins der großen Kaufhäuser und dort in die Herrenwäscheabteilung. Der Göttliche Giselher knüpfte ungeniert vor der Verkäuferin seine Hose auf, zeigte auf die Unterhose, die er anhatte, und sagte: ›So eine, bitte, nur neu.‹ Er hielt mir dann einen Vortrag über – der Titel hätte lauten können: *Die Unterhose in Geschichte und Gegenwart.* Die Verkäuferin stand da mit offenem Mund.«

*

Wie lange bewegte ich mich in dem Kreis der Musikwissenschaft? Vielleicht zwei Jahre, dann machte ich mein Examen, es begann für mich die Referendarzeit. Auch dann ging ich noch öfter hin zu einem Seminar, ganz unregelmäßig, wie man sich denken kann, so oft mir das, was ja nun schon Dienst war, Zeit ließ. Ich hatte die Freiheit des Außenstehenden, dessen, der auf nichts angewiesen ist.

Ich bekam mit, daß Professor Goblitz ein Freisemester nahm, das stand ihm zu wie allen Ordinarien: Forschungssemester. Neckisch-modern ausgedrückt: Sabatical Year.

Für ihn kam ein Gastdozent aus der Schweiz: Professor Amtobel. Er sah aus wie ein sehr großer Engerling und war ein enormer Schürzenjäger, aber einer von der, wenn man so sagen kann, ehrlichen Sorte: Er verliebte sich zumindest temporär in jede Schürze, die er jagte.

Wir machten einen Ausflug. Beteiligung freiwillig, weil das Institut nicht genug, genauer gesagt kein Geld für so etwas hatte und die Studenten alles selber bezahlen mußten. Immerhin wurde die Beteiligung den Seminarteilnehmern wie ein Pflichtreferat angerechnet. Ich war dabei, wie immer, aber am Rande und als Gast sozusagen ohne Stimmrecht.

Der Anlaß war die Aufführung einer Barockoper in einer Kirche in einer Stadt im Fränkischen. Dr. Rosenfeld, der Hauptassistent, Spezialist für alte Musik, arrangierte alles: die Eintrittskarten, den Omnibus für die Reise, die Quartiere (entweder in der Jugendherberge oder für diejenigen, die über größere »Wechsel« verfügten, im Gasthof). Ich, schon Referendar und schon verdienend, suchte mir ein Hotel. So auch Gastdozent Professor Amtobel.

Beinah hätte er nicht mitfahren können, denn, so sagte er mit Stolz am Ende einer Vorlesung – er hielt ein Kolleg über die italienische Oper des 17. Jahrhunderts nach Monteverdi, daher auch der Ausflug –, die nächste und übernächste Vorlesung falle aus, er sei, wie jeder Eidgenosse, zur Wehrübung einberufen. Und nicht nur das: Er sei Leutnant und hoffe mit einiger Berechtigung, diesmal zum Oberleutnant befördert zu werden.

»Leider kann ich also bei der Exkursion nicht ... «

Aber er machte es dann doch möglich. Sonst wäre er gestorben, denn es fuhr die schöne Helene Romberg mit.

Es gab damals – vielleicht ist es heute anders – nicht viele Studentinnen, die sich für Musikwissenschaft interessierten. Warum? Auch ein Rätsel, das der Weltgeist zur Lösung aufgibt. Nur zwei weibliche studentische Objekte der Begierde waren regelmäßig vertreten: die eben erwähnte schöne Helene Romberg, die eigentlich auf Lehramt studierte, und die Russin Njakleta mit unaussprechlichem Familiennamen.

Ich fuhr mit meinem eigenen Auto. (Soweit war ich schon. Als zwar schlecht, aber immerhin regelmäßig verdienender Rechtsreferendar und Hilfsrechtsanwalt hatte ich mir einen zehn Jahre alten VW Käfer geleistet.)

»Soll ich jemanden mitnehmen?« Ich hatte gehofft, mindestens Njakleta oder sogar die schöne Helene Romberg würden den Finger heben, aber die beiden fuhren lieber mit dem Omnibus. So stieg Carlone bei mir ein.

Carlone hieß selbstverständlich nicht Carlone, er wurde so genannt, weil er eine große Vorliebe für alles Italienische hatte, namentlich für die italienische Küche, und weil er gut Italienisch sprach, was für einen Musikwissenschaftler bekanntlich günstig ist. Seine körperliche Erscheinung, nun ja: Ein ins Rötliche stechender Bart und eine gewisse Behäbigkeit verliehen ihm Würde und Gelassenheit, die sogar den quirligen *Mei-*

ster mitunter dämpfen konnte. Er war immer liebenswürdig, stets gefällig, und namentlich Damen bewunderten seine schöne Baritonstimme.

»Ich habe nichts verstanden von deinem Referat«, sagte einmal die schöne Helene Romberg, »aber zuzuhören war ein Genuß.«

Also Carlone.

Bei Gelegenheit jener Autofahrt, die – einige Pausen eingerechnet – mehrere Stunden in Anspruch nahm, erfuhr ich, daß Carlone *heimlich* studierte. Er hatte – ich nehme wiederum den Vergleich mit dem absoluten Gehör in Anspruch – die absolute Nase für gastronomische Stätten. Ich hatte auf jener Fahrt das Gefühl, er roch auf Kilometer die Qualität der Restaurants.

Gut, auch unsereiner hat einen Blick dafür, kann ungefähr die Qualität der Küche einschätzen, wenn man das Haus genauer betrachtet, die Gegend, Erfahrungswerte berücksichtigt. Bei Carlone war es wünschelrutenhaft. Sein Pendel schlug aus.

»Fahr einmal da hinauf.«

Ich fuhr hinauf. Ein Landgasthof. Herrlich. Das war *es*. Ein unvergeßliches Schinkenomelett, zum Beispiel.

Oder: »Sollen wir dort vorn anhalten?«

»Die haben Ruhetag.«

Selbst das merkte er auf die Distanz von … Nein, das ist jetzt gelogen. Aber beinahe so war es.

Carlone studierte heimlich. Sein Vater durfte nichts wissen. Also, daß er studierte, schon. Nur nicht: was. Carlone stammte aus Bielefeld. Seine Familie hatte dort ein Unternehmen beträchtlicher Größe, stellte irgendwelche Waschmittel her, könnte auch sein Zahnpasta oder Schraubverschlüsse, jedenfalls wollte der Vater, daß Carlone Chemie studierte.

»Schon auf dem Gymnasium habe ich mich nicht die Bohne für Chemie interessiert. Diese Formeln. H_2O geht ja noch, aber dann ganze Ketten von H und N und F und weiß der Teufel was. Aber nun ja, dem Vater zuliebe.«

Zwei Semester hatte er es ausgehalten. Im zweiten Semester hatte er einen Laborplatz bekommen. »Ich muß etwas verwechselt haben. So braunes Zeug in einer Flasche. Es war das falsche braune Zeug. Wir rissen die Fenster auf, sonst wären wir erstickt. Der Rauch zog hinaus auf die Straße. Noch weit vorn an der Kreuzung kotzten die Passanten.«

Am Ende des zweiten Semesters mußte Carlone zu einer Prüfung antreten. Damals zogen Kandidaten, selbst nur für eine Zwischenprüfung, einen schwarzen Anzug an. Weißes Hemd und Krawatte. So ging Carlone zur bestimmten Stunde ins Institut für anorganische Chemie. Unten an der Tür hörte er eine Detonation. Er ging langsam die Stiege hinauf. Die Sirene der Rettung. Sanitäter stürmten an ihm vorbei. Als Carlone oben war im zweiten Stock, trug man eben den Professor, der ihn hätte prüfen sollen, auf einer Tragbahre heraus.

Der Professor war schwarz im Gesicht und hatte keine Haare mehr. Er winkte dem verhinderten Prüfling müde zu und flüsterte heiser: »Ein anderes Mal.«

»Nichts für mich, dachte ich da«, sagte Carlone, »ich wechselte zur ungefährlichen Musikwissenschaft.«

Die Mutter hatte Verständnis, deckte den Schwindel.

»Und wenn du dann fertig bist? Und Doktor der Musikwissenschaft statt Doktor der Zahnpastakunde? Was sagst du dann deinem Vater?«

Er antwortete mit einem schönen, für ihn typischen Spruch. Er klingt nur auf englisch richtig: »Let's pass that bridge when we reach it.« Wie recht hatte er.

Seine Beziehung zur Heimatstadt war dadurch naturgemäß stark eingeschränkt. Sie bewegte sich nur noch im Bereich der leidenschaftlichen Anteilnahme am wechselnden Geschick des Fußballvereins Arminia Bielefeld.

Damals schrieb er schon an seiner Arbeit: »Das Opus 100«.

»Wie? Was?« So fragte mancher.

*

Den Nachmittag vor der Vorstellung verbrachten wir im Schwimmbad. Die nicht unattraktive, aber etwas kantige Russin Njakleta war in einen züchtigen Einteiler gehüllt, die schöne Helene Romberg präsentierte sich »monotextil«: Sie hatte nichts an außer einem sehr kleinen grünen Höschen und einem sehr großen grünen Strohhut, gab zwei Wunder der Natur preis. Straff, selbst- und freitragend – nun freilich, sie war ja erst zwei- oder dreiundzwanzig Jahre alt – und mit je einem, wie soll man sagen, um poetisch zu bleiben, bewundernswert geformten »Mond« geschmückt.

»Ist was?« fragte sie, und: »Die Dinger haben noch nie so was wie einen Büstenhalter gesehen«, legte sich auf den Bauch und zeigte damit zwei ebenfalls fast unverhüllte, vollendete Rundungen.

Der keusche *Meister* wußte nicht, wohin schauen, zog sich mit einem Buch auf die Bank vor der Bar zurück, aber der Professor, der frischgebackene Oberleutnant der eidgenössischem Kriegsmacht, wurde fast wahnsinnig. So in der Badehose sah er, mit seinem beginnenden Spitzbauch, noch engerlinghafter aus als sonst. Wußte er das nicht? Baute er auf die Anziehungskraft seiner professoralen Protektionsmöglichkeiten?

Er wälzte seinen bleichen Leib neben die schöne Helene und schlug ihr – ich kann mir nicht versagen anzumerken: errötend – vor, daß sie zur Universität Basel (oder war es Bern? Chur?) wechseln und bei ihm promovieren solle. »Bei Ihrer Intelligenz –« (ha! ha!) »– ist Ihnen *summa cum* sicher ...«

Sie werde es sich überlegen, murmelte Helene, drehte sich auf den Rücken und zeigte, daß selbst so ihre beiden Wunderdinge nicht zu Fladen zerflossen, sondern stolz und aufrecht der Sonne entgegenstrebten.

Professor Amtobels Hand zuckte. (Nicht nur ich beobachtete das.) Zuckte. Aber dann strich er ihr doch nur übers Haar.

*

La Lunarda ossia Il incesto impedito hieß die Oper, von Tizio Calabassi, Uraufführung 1652 am Teatro San Moïse in Venedig, seitdem nie wieder aufgeführt.

»Man wird gewußt haben, warum«, sagte die schöne Helene Romberg danach. Sie war nicht nur schön, sondern gelegentlich auch schön frech. Nicht mehr monotextil, versteht sich, bei der Aufführung. Aber da man nun wußte, daß noch nie »so etwas wie ein Büstenhalter ...«, konnte man sich durchaus an dem naturbelassenen leichten Beben unter dem sehr dünnen blaßgrünen Kleid ergötzen. Der verliebte Amtobel, der die Karten verteilt und so die Sitzplätze manipuliert hatte und also neben ihr saß, verwendete kaum einen Blick auf das Bühnengeschehen. (Das allerdings, so der *Meister*, »vernachlässigbar« war.)

Nach der Pause wechselte sie mit mir den Platz.

»Der Kerl trenst mir fast in den Ausschnitt.« Welcher allerdings sehr sehenswert war.

Eine zusammenfassende Beurteilung äußerte Carlone nach der Aufführung: »Da ist der *Parsifal* fast noch unterhaltsamer.«

Dabei war die Handlung, die man zwar nicht verstand, die man aber im Programmheft nachlesen konnte, eigentlich ziemlich turbulent:

Erster Akt: Der König Damasceno von Frighia hatte, als er unerkannt den Hof seines Feindes, des Königs Ercolio von Tauria, ausspionieren wollte, mit dessen Schwester kurzfristig eine Tochter Lunarda gezeugt, die dann am Hof Ercolios als dessen angebliches Kind zu einer Schönheit heranwuchs.

Zweiter Akt: Der Bildhauer Pomistokle fertigte eine lebensgroße Marmorstatue an, die Lunarda als nackte Aphrodite darstellte, und bot dieses Kunstwerk dem König Damasceno an. Der kaufte sie, verliebte sich in sie und wollte nun unbedingt das Original kennenlernen. Er fuhr also verkleidet als sein eigener Gesandter unter dem Namen Thomosio an den feindlichen Hof, um Friedensverhandlungen anzuknüpfen.

Dritter Akt: Es kam, wie es kommen mußte, die Prinzessin Lunarda verliebte sich ihrerseits in den angeblichen Thomosio. Der warf sozusagen seine Maske ab, gab sich als König von Frighia zu erkennen, erklärte großartig, den alten Streit zwischen Frighia und Tauria beenden zu wollen, und warb um Lunarda, die vermeintliche Prinzessin. Aber der tückische König Ercolio glaubte ihm nicht und ließ ihn ins Gefängnis werfen.

Vierter Akt: Die liebende Lunarda verkleidet sich als Mann und nimmt Dienst beim Kerkermeister an...

»Holla!« flüsterte der *Meister*, »was es nicht alles gibt. Beethoven kann wohl nicht gut diese *Lunarda* gekannt haben. Aber vielleicht kannten Sonnleithner und Bouilly, die beiden Librettisten Beethovens, jenen Text des Calabassi?«

»Wer weiß«, sagte Carlone, »*Lunarda* hier, *Leonore* dort.«

»Ein Plagiat geht oft seltsame Wege«, sagte Helene.

… und ist drauf und dran, ihren Geliebten zu be-
freien, da erscheint aber Gott Amor und verkündet,
daß Lunarda in Wirklichkeit nicht die Tochter des
Königs Ercolio ist, sondern eben leider Damascenos
uneheliches Kind, worauf die beiden zunächst in je
eine Trauerarie versinken, dann aber – in einem der
wenigen Ensembles des Stückes – im Terzett zusammen mit Amor das Wiedersehen von Vater und Tochter feiern.

Fünfter und, Gott sei Dank, letzter Akt: Der bislang
tückische König Ercolio ist gerührt von der Stand-
haftigkeit Lunardas und überhaupt nicht so schlimm
und böse, schließt Frieden mit dem Nachbarn und
will jetzt seinerseits zur Besiegelung der neuen
Freundschaft Lunarda, die ja nun quasi Prinzessin
und Erbin des Königreichs Frighia ist, heiraten. Da
ertönen neuerlich die (schlecht gestimmten) barok-
ken Originalpauken, und Gott Apoll erscheint und
erklärt, daß Damasceno doch nicht der Vater Lunardas ist, sondern: wer? *Er*, er selber. Er selber habe sich
in der Gestalt Damascenos der Schwester des Königs
genähert … So sinken Lunarda und Damasceno letztendlich doch einander in die Arme …

*

Danach gab Professor Amtobel in einem schönen alten
Gasthaus am Markt für alle eine Runde Sekt zur Feier
seiner Beförderung zum Oberleutnant aus. Es war eines
der in jener Gegend nicht seltenen Gasthäuser, die man

im guten Sinn altfränkisch nennen kann. Die Bratwürste waren von Sonderklasse.

Die Stimmung war aber getrübt. Der *Meister* merkte nicht, daß Amtobel wegen unserer Bemerkungen über diese *Lunarda* vergrätzt war. Der Wiederentdecker und Ausgräber der Oper war ein von Amtobel hochgeschätzter Kollege, und wenn man genauer ins Programmheft geschaut hätte, wäre zu bemerken gewesen, daß die Inhaltsangabe von Beat Amtobel stammte.

»Man muß nicht alles ausgraben«, sagte Carlone, »es gibt Dinge, die man in Frieden ruhen lassen soll.«

Der *Meister*, voll Zorn nicht nur über die nervtötende Folge von Arie auf Arie, eine länger als die andere, eine kaum von der anderen wegzukennen, und über das Fehlen fast jeglichen Ensembles, sondern auch über die gnadenlosen Originalinstrumente, wetterte über die grausig verstimmten Darmsaiten der Barockvioline, über die ohrenbetäubenden Mißtöne der Naturhörner, über den Unfug der Heißluft pfeifenden Gamben, und daß man sich zur Verwendung eines Undings von Chitarrone verstiegen und den Damasceno mit einem der damals leider in Schwang kommenden Countertenöre besetzt hatte, der seine heiseren Koloraturen »in meine unschuldigen Ohren trillerte«. So der *Meister* wörtlich.

»Biomusik«, sagte Carlone.

Amtobel bezahlte den Sekt, ließ die Hälfte seines Schnitzels stehen und verabschiedete sich kühl.

»Ja«, sagte ich in der *Madonna*, »das mit der Biomusik ist inzwischen eher noch schlimmer geworden.«

»Der Witz«, sagte Carlone, »daß der berühmte Dirigent, ich nenne keinen Namen, gestorben sei, weil er sich mit barocken Originalinstrumenten operieren hat lassen, hat einen tiefen Sinn. Selbstverständlich ist es interessant zu wissen, wie die Musik *damals* geklungen hat ...«

»Wirklich? Muß man das wirklich wissen?«

»Ja, doch. Damit man weiß, daß es heute besser klingt. So wie man im Hygienemuseum mit Schaudern die alten medizinischen Zahnbrecherzangen anschaut ...«

»Grausam.«

»Wie froh wäre ein Mozart gewesen um die exakt gestimmten Maschinenpauken. Zum Beispiel.«

*

Wenn man so will, war das dann der sechste Akt der Oper:

Amtobel hatte die Zimmer derjenigen verteilt, die nicht in der Jugendherberge übernachteten. Um Mitternacht klopfte er an der Tür der schönen Helene Romberg. Aber die hatte das Zimmer mit Carlone getauscht. Amtobel sei, so Carlone später, in deutlich männlicher Erregung gewesen und habe einen mit kleinen violetten Hunden bedruckten Schlafanzug getragen.

*

»Ja«, sagte Carlone in der *Madonna*, »die schöne Helene Romberg.«

»Ach ja«, sagte ich.

Dann saßen wir eine Zeitlang da, ohne zu reden, dachten an unseren Teil der Erinnerungen an jene Helene Romberg, deren »Dinger« nie einen Büstenhalter gesehen haben. War Carlone in sie verliebt gewesen? War auch ich in sie verliebt gewesen? Ich glaube, wir alle waren in sie verliebt, der eine mehr, der andere weniger, der eine kürzere Zeit... der andere lebenslang, vielleicht. Keinem gelang *es*. So freizügig sie mit ihrem Anblick umging, so eisenfest war sie in dem, was man auch damals schon lange nicht mehr Tugend nannte.

Sie war hochintelligent, enorm sprachbegabt, ihr eigentliches Fach war die Germanistik, und speziell in der Literatur der deutschen Romantik machte ihr niemand etwas vor; sie war sehr musikalisch, spielte Cello fast konzertreif, hätte es zur Konzertreife bringen können, wenn sie es darauf abgesehen hätte. Aber es genügte ihr, daß sie in ihrem Kammermusikkreis – dem mein Bruder als Bratscher angehörte, weshalb ich Gelegenheit hatte zuzuhören – bis zu den Streichquartetten von Brahms mit Anstand bestehen konnte.

»Auch wenn sie nackt ist«, sagte sie, »ist eine intelligente Frau die schönere.« Sie machte gern Gebrauch davon. Spazierte nur mit rosa Sonnenhut und hochhakkigen Zoccoli im Garten des Studentenheims herum, in dem Carlone damals wohnte. Sie ließ sich ohne weiteres so photographieren, stand einem Maler Modell, den Carlone kannte –

»Wie hieß er?« fragte ich ihn in der *Madonna*.

»Ich kann mich nicht mehr erinnern. Ein Name mit B. Er pervertierte später zum Informal, aber eine Aktzeichnung, zu der die Romberg Modell gestanden hat, habe ich noch. Vielleicht ist das Blatt signiert. Ich müßte daheim nachschauen.«

– aber, wie gesagt, eisenhart. Ich bin sicher, daß sie als Jungfrau in die Ehe ging.

Sie hatte auf Lehrberuf studiert, machte ein exzellentes Examen, übte ihn aber nur kurze Zeit aus. Sie sagte: »Daß mir nicht ein noch exzellenteres Examen gelungen ist, liegt an meiner Naivität. Ich habe unter Aufbietung aller Augenkräfte die eigentlichen Texte gelesen: *Die Kronenwächter* von Arnim oder Stifters unsäglichen *Witiko* – die Primärliteratur sozusagen, die andern haben die Sekundärliteratur auswendig gelernt und in der Prüfung heruntergeschnurrt.«

Nach ein paar Jahren im Lehrdienst an einem Gymnasium heiratete sie einen gewissen Winter, mit Vornamen, glaube ich, Sigurd, Dr. jur. Das war längst nachdem der damalige Kreis um die Leute im Musikwissenschaftlichen Seminar zerfallen war, er hatte auch nie diesem Kreis angehört. Aber ich kannte ihn flüchtig von meiner Referendarzeit her. Er war einer der verbissenen Streber gewesen, von denen man erzählte, daß sie, wenn sie die Mühen des Tages hinter sich gebracht hatten, abends in den weichen Sessel sanken und genüßlich die *Neue Juristische Wochenschrift* zur Hand nehmen. Er brachte es auch »zu was«: Als er und die schöne Helene heirateten, war er schon Oberregierungsrat im

Wirtschaftsministerium, kann auch sein Finanzministerium, stand jedenfalls kurz vor der Ernennung zum Regierungsdirektor ... mit dem Aktmodellstehen war es da für die schöne Helene, nunmehr Winter, vorbei.

Das Schicksal bediente sich im weiteren Verlauf des Lebens der schönen Helene erst zweier Pappkästchen und später des Katers Peterl des seinerzeit stadtbekannten Pfarrers und Monsignore Rohrdörfer. Dazu muß man weiter ausholen.

Die zwei Pappkästchen standen in dem Glasverschlag am Eingang eines großen Krankenhauses. Pfarrer Rohrdörfer war der katholische Krankenhausgeistliche, weil das Krankenhaus zu der Pfarrei gehörte, die Rohrdörfer – Msgr. Rohrdörfer – betreute.

»Monsignore« – diesen Titel hatte ihm nicht der eigentlich zuständige Diözesanbischof verliehen, sondern der exilierte ukrainisch-katholische Bischof, mit dem Rohrdörfer in seinem sehr schönen Gründerzeitpfarrhaus hinter bunten, mit frommer Glasmalerei versehenen Butzenscheiben Karten spielte. »Werfen S' die Champagnerflaschen weiter vorn in die öffentlichen Mülltonnen«, sagte Rohrdörfer zu seiner Haushälterin, »nicht in unsere, damit sich die Leut' nicht das Maul zerreißen.« Der exilierte ukrainische Bischof, der da geistlich in fremdem Revier herumfuhrwerkte, war dem Diözesanbischof ein Dorn im Auge und Pfarrer Rohrdörfers sozusagen ukrainischer »Monsignore« erst recht. Aber blöderweise war Rohrdörfer bei einem Ad-limina-Besuch mit Pilgerfahrt des Bischofs nach Rom dabei, und

Rohrdörfer fragte den Papst, ob das mit dem ukrainischen »Monsignore« in Ordnung sei, und der Papst, es war noch Paul VI., sagte milde: »Ja, ja«, und da konnte der Bischof nicht gut mehr etwas sagen.

Pluspunkte brachte es Rohrdörfer nicht bei seinem Vorgesetzten. Und dem Diözesanbischof gab es jedes Mal einen Stich, wenn er den violetten Stoß an der Knopfleiste von Rohrdörfers Soutane sah.

Auf dem einen Kästchen stand »evang.«, auf dem anderen »kath.«. Wenn eine Patientin oder ein Patient geistlichen Besuch wünschte, schrieb die Schwester einen Zettel mit Namen und Zimmernummer und warf ihn in das entsprechende Kästchen. Rohrdörfer und ebenso sein evangelischer Amtsbruder leerten das Kästchen, wenn sie zur geistlichen Visite kamen, ordneten die Zettel der Reihe nach und besuchten dann also die respektiven Patienten.

Winter, der aufstrebende Oberregierungsrat (oder war er da schon Regierungsdirektor?), war evangelisch, weil Franke aus dem protestantischen Bier- oder Oberfranken (im Gegensatz zum katholischen Wein- oder Unterfranken) und lag in einem Einzelzimmer, freilich als Privatpatient, teilweise vergipst und geschient, und die Schwester hatte die Kästchen verwechselt; kommt vor, klar, und also kam zum Erstaunen Winters statt des evangelischen der katholische Geistliche zur Tür herein.

Rohrdörfer, den ich später auf ganz anderem Wege kennenlernte, erzählte es mir in seiner etwas kantigen, alle Eitelkeiten abweisenden Art. Es sei ein harter Tag für ihn gewesen: drei Beerdigungen, zwei Taufen (oder umgekehrt? Ich weiß es nicht mehr.), eine Sitzung des Pfarrgemeinderats wegen der Renovierung der Heizung im Jugendzentrum, ärgerlicher Papierkram mit dem Ordinariat, mit dem Pfarrer Rohrdörfer stets im Clinch lag. Er wurde nur nicht strafversetzt, weil er beinhart beliebt war und es einen Aufstand gegeben hätte bei Rohrdörfers Pfarrkindern. Außerdem regnete es damals, und es schmerzte ihn das fehlende Bein.

»Fehlendes Bein?« fragte Carlone in der *Madonna*.

»Das weißt du nicht? Rohrdörfer hatte nur ein Bein, das linke, glaube ich, oder das rechte … ja, das war eine scheußliche Sache. Rohrdörfer stammte aus kleinen Verhältnissen. Sein Vater war Eisenbahner. Irgendein Rangiermeister oder so etwas. Nahm leichtsinnigerweise den Buben mit in die Arbeit, und der, na ja, hörte nicht auf die Vorsichtswarnungen des Vaters und geriet in die Drehscheibe, mit der die Dampflokomotiven herumgewendet werden oder wurden. Heute gibt es das wohl gar nicht mehr. Und die quetschte dem Buben das eine Bein ab.«

»Darf mir das gar nicht vorstellen«, schüttelte sich Carlone.

»Eine der Voraussetzungen der Priesterweihe ist körperliche Unversehrtheit. Rohrdörfer konnte also nur mit päpstlicher Dispens zum Priester geweiht werden. Geistige Unversehrtheit, dies nebenbei, ist keine Voraussetzung. Sonst hätte mancher, der ganz hoch in der Hierarchie sitzt, nie geweiht werden können. Dies nebenbei. Ich nenne keine Namen.«

Also ein harter Tag. Winter sah dem Pfarrer die Erschöpfung an. »Ich habe zwar Ihren evangelischen – sagt man so? – Amtsbruder erwartet, aber setzen Sie sich doch einen Moment.«

»Danke«, sagte Rohrdörfer, zog seinen Flachmann aus der hinteren Hosentasche, nahm einen Schluck Birnengeist, stutzte einen Moment, bevor er den Flachmann wieder zuschraubte…

»Wollen S' auch einen?«

»Prost«, sagte Winter.

Weniger als drei Wochen nach seiner Entlassung aus dem Krankenhaus konvertierte Winter zur katholischen Kirche.

Es bleibt zu berichten, warum Winter im Krankenhaus lag, wieso sein Schlüsselbein und drei Rippen gebrochen waren und er Prellungen an der ganzen Seite hatte.

»Wie ist denn das passiert?« fragte Rohrdörfer.

»Ein Rechtsanwalt hat mich angerempelt.«

»So rauhe Sitten?«

»Ich darf nicht lachen«, sagte Winter, »aber: Es war nicht im dienstlichen Verkehr. Beim Fußball. Ministerium gegen Rechtsanwaltskammer. Und wir haben auch noch 4:1 verloren.«

So also lernte die schöne Helene Romberg, nunmehr verehelichte Winter, den Monsignore Rohrdörfer kennen, was Jahre später zu, nun ja, »Weiterungen« führen sollte. Winter war öfter bei den berühmten Champagnerfrühstücken dabei, die bei feierlichen Gelegenheiten nach dem Hochamt in dem erwähnten butzenscheibigen Pfarrhaus im kleinen Kreis stattfanden. Hochamt um neun Uhr, immer mit großer Musik, mindestens eine Missa brevis von Mozart; Rohrdörfer hatte hervorragende Beziehungen zu den Philharmonikern und zur Oper – zu Ostern nichts Geringeres als Gounods *Cäcilien-Messe*, Rohrdörfers Lieblingsstück –, dann um halb elf Uhr der kleine Kreis in der Butzenscheibe. »Und daß Sie mir die leeren Flaschen nicht, sondern weiter vorn am Rondell – Sie wissen schon.« Selbstverständlich war auch Peterl immer dabei. In der Messe nicht, obwohl – aber davon später. Während der Messe wartete der Peterl entweder in der Sakristei, saß auf einem der hohen Paramentenschränke (fingerdick Staub dort oben – trotzdem war Peterl nie staubig, wenn er herunterkam: Katzen sind schmutzabweisend) oder er feierte seinen eigenen Gottesdienst im Pfarrgarten oder auf dem Friedhof weiter hinten, dem wohl die eine oder andere Maus und wohl leider auch mancher Vogel als Weihegabe zum Opfer fielen.

So ergab sich gesellschaftlicher Verkehr zwischen der Familie Winter (einen Sohn brachte Helene zur Welt, Amadeus) und Pfarrer Rohrdörfer. Sprach es für den Pfarrer? Er sagte nie ein Wort, obwohl er es wußte, denn Helene hatte es ihm selber erzählt: Sie war ein Heidenkind. Nicht getauft. Tochter einer strikt agnostischen Familie. Kein Wort sagte der Pfarrer, ließ sich nichts anmerken. Oder war da nichts, was anzumerken gewesen wäre? Dachte Rohrdörfer mit dem alten Nestroy, den er hoch schätzte:

»Ja, die Zeit ändert viel«?
Sie änderte viel.

*

Der *Meister* kam, so verzahnen sich die Lebensläufe, ganz unabhängig davon und auf ganz andere Weise mit dem Monsignore in Verbindung. Professor Goblitz wohnte einen Steinwurf weit vom Pfarrhaus entfernt in derselben Straße, war vor allem aber im gleichen Rotary-Club mit dem Monsignore.

»Ein Monsignore im Rotary-Club?« fragte Carlone.

»Auch das erzeugte ein Stirnrunzeln im Ordinariat, aber – warum nicht? fragten sich sowohl Rohrdörfer als auch die Rotarier. So wurde Rohrdörfer Mitglied dieser exklusiven Vereinigung, für ein Jahr sogar Präsident. ›Muß das sein?‹ fragte einmal ein Cardinal mit seiner hohen Kastratenstimme den Pfarrer. Erinnerst du dich an den Witz? Die Mutter des Cardinals habe gesagt, sie habe zwei Töchter – eine sei in Würzburg verheiratet, die andere Cardinal in Rom.«.

Bei einem der wöchentlichen Treffen erzählte der Pfarrer beim Essen, er habe gehört, Brahms habe – man staune bei diesem freigeistig-evangelischen Mann – eine katholische Messe geschrieben, die nie aufgeführt worden sei, weil Brahms sie unter Verschluß gehalten habe.

Zufällig saß Goblitz neben Rohrdörfer. »Wenn einer das weiß, dann ein Doktorand in meinem Institut. Sein Name ist mir im Moment nicht geläufig. Der Mann aber weiß alles …«

Pfarrer Rohrdörfer war sofort elektrisiert, bat Goblitz inständig, die Verbindung zu jenem Doktoranden herzustellen, jagte Telephonanruf um Telephonanruf in den folgenden Tagen dem Professor hinterher, bis der sich endlich dazu bequemte, insoweit seine privaten Angelegenheiten mit denen des Instituts zu vermischen, als er seinen Hauptassistenten Dr. Rosenfeld beauftragte, Name und Adresse des *Meisters* dem Pfarrer mitzuteilen.

Rohrdörfer lud den *Meister* zur nächsten feierlichen Messe und zum nachfolgenden Butzenscheibenfrühstück ein – mit Champagner, wofür der *Meister* ja nicht ganz unempfänglich war. Auf die Frage nach der lateinischen Messe von Brahms antwortete der *Meister* ohne eine Sekunde des Nachdenkens, daß – erstens – Herr Professor Goblitz das hätte wissen müssen (wußte es aber nicht) und daß man bloß im Brahms-Werke-Verzeichnis von McCorkle nachzuschauen brauche. Er erinnere sich sogar, habe der *Meister* damals gesagt, auf so etwas gestoßen zu sein... bei seiner Lektüre des Werkverzeichnisses... Gibt es so etwas, daß einer das Brahms-Werkverzeichnis *liest*? Als Lektüre? Wie einen Roman? Schmieder – BWV (Bach-Werke-Verzeichnis)? Köchelverzeichnis (Mozart)? Deutsch-Verzeichnis (Schubert)? Kinsky-Halm (Beethoven)? Ja, gibt es, zumindest einen: den *Meister*. Er gestand mir einmal, daß er gern vor dem Einschlafen noch im Bett ein Werkverzeichnis zur Hand nehme, sich an ein paar Seiten vergnüge – zum Beispiel Jähns Verzeichnis der Werke Carl

Maria von Webers. Selbstverständlich konnte es sich der *Meister* nicht leisten, die teuren Werke zu kaufen. Er lieh sie sich aus der chaotischen Institutsbibliothek aus, die selteneren aus der Staatsbibliothek.

»Bei Jähn übrigens«, sagte ich zu Carlone in der *Madonna*, »bemängelte er naserümpfend einen unschönen deutschnationalen Ton, den der sympathische, ritterliche Weber nicht verdiene.«

»Ritterlich?« Sagte der *Meister* von Weber »ritterlich«? Ja, doch. Hat nicht Webers Musik etwas Ritterliches, Chevalereskes, etwas von holdem Leichtsinn?

Es war für den *Meister* ein Leichtes, im Brahms-Werke-Verzeichnis festzustellen, daß es tatsächlich das Fragment einer lateinischen Meßkomposition gab, Fragment in dem Sinn, daß zwar die einzelnen Sätze abgeschlossen vorliegen, jedoch nicht alle kanonisch vorgeschriebenen Sätze vorhanden sind: nur Sanctus, Benedictus und Agnus Dei/Dona Nobis (alle aus der ersten Hälfte 1856 ungefähr), dazu allerdings ein, wenngleich in der Tonart nicht passendes Kyrie aus eben dem Jahr. Alles bei Doblinger gedruckt. Danach war es nicht schwer, das Notenmaterial beizubringen; und an einem sonnigen Pfingstsonntag zelebrierte also der Pfarrer Monsignore Rohrdörfer ein feierliches, von einer sage und schreibe Brahms-Uraufführung umkränztes Hochamt.

Und nicht nur das. Dem *Meister* war selbstverständlich auch das von Müller von Asow/Trenner erstellte Verzeichnis der Werke von Richard Strauss geläufig. Darin findet sich ein Hinweis auf eine Meßkomposition des jungen Strauss, dem man, nach allem, was man vom Leben und Denken dieses Komponisten weiß, eine solche noch weit weniger zutraut als Brahms. Es lief über die Rotary-Schiene, daß eine geheime Verbindung zur Familie Strauss hergestellt wurde, die dann eine Photocopie des Autographen zauberte ... Ein Werk des dreizehnjährigen Strauss, so wie das Brahmssche unvollständig, und nur mit zögerlicher Zustimmung der Erben durfte es gespielt werden – »und kein Getöne drum herum, wer weiß, ob es dem alten Strauss recht wäre ...«

»Es ist ihm recht«, sagte Rohrdörfer kurz und bündig und mit tiefster Überzeugung.

Eine Meßkomposition Richard Wagners allerdings konnte selbst der *Meister* nicht hervorzaubern, wohl aber, und das war sein ganzer Stolz, eine vollständige große Messe für Soli, Chor, Orchester und Orgel von niemand Geringerem als E.T.A. Hoffmann, die dieser in seiner Zeit in Warschau komponiert hatte.

*

Es ist so. Ein Kreis, ein innerer, ein äußerer, eine Zeitlang ist das der Kern der Welt für eine Handvoll Leute, die dies und jenes machen, einen eigenen Jargon bilden, eigene Kürzel, die Außenstehende nicht verstehen; ab und zu stößt sich da zwar etwas aneinander, aber der Kreis bleibt geschlossen: ein Jahr, zwei Jahre, zehn ... dann beginnt er zu zerbröckeln und endet damit, wenn sich zwei nach langer Zeit treffen, daß es heißt: »Weißt du noch?«

»Weißt du noch, Carlone, wie der Göttliche Giselher auf einem Flohmarkt eine Hardangerfiedel gefunden hat?«

»Für zwölf Mark gekauft.«

»Die Verkäuferin hatte zwei Hardangerfiedeln. Die eine, erzählte der Göttliche Giselher, habe zwölf Mark gekostet, die andere acht. Der Göttliche hat sich für die zu zwölf Mark entschieden, worauf die Verkäuferin gesagt hat: ›Recht haben S', daß Sie die teurere nehmen. Dann haben S' was Gutes‹!«

Weit gefehlt, daß der Göttliche Giselher die Hardangerfiedel spielen konnte. Er konnte überhaupt kein Instrument spielen. Er wußte nur alles über alle Instrumente. Er wußte überhaupt alles über alles. Zumindest redete er so. Einmal, es war anläßlich eines Essens bei einem der Doktoranden, ich habe den Namen vergessen, hielt der Göttliche Giselher eine Rede.

Vorweg zu dem Essen: Der betreffende Doktorand lebte in einer Wohngemeinschaft, die aus ihm und einem Tiermediziner bestand. Der Tiermediziner, er hieß Morold, daran erinnere ich mich, Morold mit Vornamen. Was in solchen Eltern bei der Namenswahl wohl vorgeht? Der Tiermediziner jobbte am Wochenende in der Großmarkthalle als Stapelfahrer und hatte zusätzlich zum Lohn eine Steige Artischocken geschenkt bekommen, die schon fast an der Grenze waren. Eigentlich darüber. »Studenten haben einen guten Magen«, wird sich der Artischockeur gedacht haben. Gemüsist eher, er wird nicht nur Artischocken vertrieben haben.

Der Doktorand und sein Mitbewohner Morold trommelten ein Dutzend Leute zusammen, und es gab also Artischocken. Und irgendwie kam dabei, nicht verwunderlich angesichts der Artischocken, die Rede auf Italien und damit zwangsläufig auf die Kunst, auf die Malerei, auf Michelangelo, auf die Sixtinische Kapelle. Halt! Ich weiß, wie die Rede darauf kam: *Carciofi giudea*, erwähnte Carlone, die seien ganz anders zubereitet als diese hier – und er erzählte von einer jüdischen Trattoria in der Nähe des Porticus der Octavia... »Rom!« schwärmte sogleich der Göttliche Giselher. Und so führte der Weg zur *Sistina*.

Der Göttliche Giselher hielt eine Rede, einen Vortrag, eine göttliche Analyse sowohl der Deckengemälde der *Sistina* als auch des Jüngsten Gerichts. So blumenreich wie kunsthistorisch schilderte er mit großen Armbewegungen diese Werke Michelangelos bis in die letzte Ecke der Kapelle. Wir sahen sie förmlich über den Resten der Artischockenschalen aufblühen.

»Bist du oft dort gewesen?« fragte die Russin.

»Nicht direkt.«

Er war überhaupt nie dort gewesen. Er war nie in Rom gewesen. Er war eigentlich überhaupt nie woanders gewesen. Nun ja: Kant auch nicht, und auch der hat über alles mögliche geredet, ohne es gesehen zu haben.

*

Oder bei dem Badeausflug, einem anderen Badeausflug, nicht dem vor der Oper. An den Klingsee. Die schöne Helene Romberg kannte sich mit Gewässern aus, sie wußte hier eine unberührte Uferstelle. »Ich bade nicht gern nackt«, sagte sie. So behielt sie das goldene Kettchen um den (ebenfalls sehr sehenswerten) Bauch an.

»Hat dir das der Amtobel geschenkt?«

»Aber wirklich nicht.«

»Von wem«, fragte ich Carlone in der *Madonna*, »hat sie wohl damals das Bauchkettchen bekommen? So etwas kauft sich eine Frau nicht selber.«

»Ich weiß es nicht«, sagte Carlone, »ich war übrigens damals auch gar nicht dabei, leider. Ich war verhindert.«

»So?«

»Heimspiel Arminia Bielefeld gegen 1. FC Nürnberg. Es ging um Leben und Tod. Das heißt, ob *wir* in der Bundesliga bleiben.«

Diesmal kam, nachdem man nach dem Anblick der schönen, naturbelassenen Helene Romberg wieder zu Atem gekommen war, die Rede auf wirtschaftliche Dinge. Auch da wußte der Göttliche Giselher Bescheid. Er hielt einen raumgreifenden Vortrag über den Zusammenhang zwischen dem Diskontsatz und dem Geldumlauf, über die Abhängigkeit der Produktenbörsen vom Bruttosozialprodukt (oder umgekehrt, ich weiß es nicht mehr), über die fiktive Geldbeschaffung und die Geldvernichtung. Allerdings war ein Außenstehender mit von der Partie, der Verlobte der Russin Njakleta, und der war Doktorand der Volkswirtschaft und gelernter

Bankkaufmann. Ganz leise sagte er später, Njakleta verriet es uns, es sei alles völliger Unsinn gewesen.

Aber sehr wirkungsvoll vorgetragen.

*

»Opus 100« – Ein ungewöhnliches Thema für eine Doktorarbeit. »Sind wir bei den Mathematikern?« raunzte Professor Goblitz, aber Carlone setzte es durch, letzten Endes. Er war undiskutiert einer der besten unter den Studenten, und – wer weiß – vielleicht war es dem Alten im Grunde genommen egal.

Warum hat Dvořák mitten zwischen großen Werken der zwar hübschen, aber kleinen Violin-Sonatine (nicht Sonate!) ausgerechnet ihr die Opus-Zahl 100 gegeben? Hatte das mit dem von Dvořák verehrten Brahms zu tun, der auch einem allerdings großen, weiträumigen Werk für Violine und Klavier, der Sonate in A-Dur, die Wegmarke 100 gegeben hat? Dem Klaviertrio in Es-Dur hat Schubert selber ausdrücklich die Opus-Zahl 100 gegeben, vielleicht weil es das erste seiner Werke war, das zu seinen Lebzeiten im Ausland veröffentlicht wurde. Daß es das letzte war, ahnte er nicht.

Überhaupt Opus-Zahlen: Gustav Mahler verwendete keine, Wagner auch nicht. Ermanno Wolf Ferrari: Da konnte der *Meister*, der Perfektionist und Fanatiker der Genauigkeit, wütend werden, wenn man den »Wolf-Ferrari« mit Bindestrich schrieb. »Nie, nie!« tobte der *Meister,* »hat sich Wolf Ferrari mit Bindestrich geschrieben. Immer ohne! Immer! Ein nicht auszurottender Un-

45

fug: Auf allen Schallplattenhüllen, auf allen Ankündigungen, Programmheften; sofern es so etwas bei diesem weit unterschätzten Komponisten noch gibt, mißhandelt man den Namen durch einen durch nichts gerechtfertigten Bindestrich«, schrie der Meister.

Wolf Ferrari hat seine Lieder und seine instrumentalen Werke mit Opus-Zahlen versehen, seine Opern nicht. Warum? Auch dem ging Carlone in seiner Arbeit nach und kam darauf, daß das eine alte Praxis der barocken Komponisten war.

Bartók fing dreimal mit dem Opus-Zählen an, kam bis 31 (1894), verwarf alles und zählte ab da neu, kam bis 21 (1897), verwarf nochmals, zählte ab der Rhapsodie für Klavier und Orchester op. 1 bis zum *Wunderbaren Mandarin* von 1927 (op. 19), und dann wurde es ihm, scheint's, zu dumm, und er ließ die Opus-Zahlen-Zählung bleiben. Ähnlich Hindemith, der gab 1930 nach der Konzertmusik für Streicher und Blechbläser op. 50 das Opus-Zählen auf. Richard Strauss' Opus-Zahlen versikkerten nach dem *Capriccio* op. 85 (von 1940/41) mit dem Divertimento nach Couperin op. 86 (von 1941) und einigen Liedern op. 87 und 88, deren Opus-Zahlen aber nicht von Strauss, sondern vom Verleger stammen. Hat Strauss aus Ärger über die Niederlage Deutschlands die Opus-Zählung 1945 eingestellt oder aus Ärger über Hitler, der die Niederlage verschuldet hat und die Zerstörung von Strauss' Vaterstadt? Der Trauer darüber hat er mit den *Metamorphosen für 23 Solostreicher* Ausdruck gegeben, welches Werk (so Carlone in seiner Doktor-

arbeit) es mit einigem gutem Willen auf Opus 100 gebracht hätte, hätte er alles, was er dazwischen geschrieben hat, mitgezählt. Warum hat er nicht? Rätsel über
Rätsel, auch warum Strauss einem so herrlichen Stück
wie der *Burleske für Klavier und Orchester* keine Opus-
Zahl gegeben hat …

Bei Mozart hat es Opus-Nummern gegeben, die sind
aber vom Verzeichnis des Ritters von Köchel überwölbt
worden, auf 100 aber hätte er es, wenn er ordentlich gezählt hätte, ohne weiteres gebracht. Ein Welträtsel aber
ist das Opus 100 von Beethoven: das Lied für zwei Sing-
stimmen und Klavier »Merkenstein« – da hat der Löwe
nun wirklich geschlafen. Warum hat er die Zahl nicht
der großartigen A-Dur-Sonate gegeben, die jetzt mit
dem ungraden »op. 101« dahinwankt?

Ein Sonderfall sind die früheren Sträuße, die Wiener
mit dem scharfen ß. Die haben so schnell Geniestreich
auf Geniestreich hinausgeschleudert, daß sie gar nicht
gemerkt haben, wann sie bei 100 waren. Johann Strauß
Sohn 1851: »Vöslauer Polka, op. 100« (die Zahl im Auto-
graph allerdings von fremder Hand – des Verlegers
Haslinger? – hinzugefügt), und es ging ja weiter und
weiter:

»Souvenir de Nizza«, Walzer op. 200
»Flugschriften«, Walzer op. 300
»Kuß-Walzer« op. 400

Ein op. 500 gab es nicht mehr, nur fast: »Klänge aus der Raimundzeit« op. 479. Und auch der Pepi, Joseph Strauß, das musikalische Genie wider Willen: »Die Kosende«, Polka Mazur op. 100, »Carrière-Polka« op. 200 ... Den Vogel in dieser Hinsicht schoß aber Carl Czerny ab. Robert Schumann mokiert sich 1836 über Czernys Opus-Zahl 413, die »Brillante Phantasie: Erinnerung an meine erste Reise« und prophezeit, daß Czerny einst »als der Erste da (steht), den drei Nullen schmücken.« Fast: »Nouvelle école de la main gauche, op. 861«. Auf op. 1000 hat er's nicht gebracht. Das blieb dem Komponisten Ludwig Gruber (1874–1964) vorbehalten, dem Schöpfer des Liedes: »Mei Muatterl war a Weanerin ...« op. 1000.

*

Der *Meister* war ein wenig älter als der Durchschnitt der Doktoranden, etwas überständig. Das kam daher, daß er so ausführlich studierte. Der in der Wolle gefärbte Perfektionist, der Streber nach Vollkommenheit wurde mit nichts und nie fertig. Musikwissenschaft war nur sein Nebenfach, was aber nicht hieß, daß er dort weniger nach Vollkommenheit strebte. Sein Hauptfach war Romanistik mit dem Schwerpunkt – wenn ich mich recht erinnere – Alt-Provençalisch. Er arbeitete seit Jahren an seiner Dissertation über den Verfall und das Ende der okzitanischen Troubadour-Dichtung am Beispiel des Guiraut Riquier. Ich weiß das noch genau, weil er uns in später Stunde oft damit nervte, mit seiner dünnen, hohen und etwas krächzenden Stimme eines der hochbedeutenden 48 erhaltenen Lieder dieses Riquier (auf Alt-Provençalisch!) vorzusingen. Er arbeitete so langsam und so gründlich, daß Carlone einmal sagte: »Es ginge gleich schnell, wenn der *Meister* seine Arbeit *sticken* würde.«

»Ist sie je publiziert worden?« fragte ich in der *Madonna*.

»Ach wo. Sie ist überhaupt nie fertig geworden.«

Der *Meister* sprach perfekt Französisch. Er sprach perfekter Französisch als die Franzosen. Einmal war einen Monat lang ein junger Musikwissenschaftler aus Besançon als Gast im Institut, hatte irgendein Stipendium. Der *Meister* sprach mit ihm Französisch und korrigierte ihn, weil er nach *quoique* keinen Konjunktiv verwendete.

»Wahrscheinlich können sie das in Bisantz nicht.«

»Wie, was? Byzanz?«

»BISANTZ! Wissen Sie nicht, daß das der eigentliche deutsche Name von Besançon ist? Die sind dort gar keine richtigen Franzosen, wenn sie nach *quoique* den Indikativ verwenden.«

In der Musikwissenschaft glänzte der *Meister* als derjenige, der praktisch fließend Tabulaturen lesen konnte, so alt konnten sie gar nicht sein, dass er sie nicht beherrschte, und Neumen las er sozusagen wie Butter herunter. Er war firm in allen Kirchentonarten und sang einem, wenn man wollte, das hinterletzte Mixolydisch herunter, von unten nach oben und von oben nach unten, wobei er auch erklärte, daß Mixolydisch nicht gleich Mixolydisch ist, weil im Gebrauch der Gregorianik das Mixolydische das Hypophrygische ist, während das Jonische das Phrygische ist und umgekehrt…

»Danke, danke, es reicht.«

Lange wußte ich nicht, wie er heißt. Er war eben der *Meister*. Klein, mager, schwarzhaarig, überhaupt eher ein dunkler Typ, immer eilig, oft aufgeregt, liebenswürdig, wenn er nicht gerade etwas besser wußte. Er wußte *es* besser.

Thomas (nomen est omen?) Wibesser hieß er.

*

»In unserem Alter ist die Frage berechtigt«, sagte ich in der *Madonna*, »lebt der *Meister* noch?«

»Nein«, sagte Carlone.

Er legte kurz das Besteck zur Seite und schaute nachdenklich seine *orata* an, seine Goldbrasse, die er eben zu zerteilen im Begriff war, und sagte dann: »und das ist eine ganz eigenartige Geschichte.«

*

Wir hatten alle keine Ahnung davon, unter welchen kümmerlichen Verhältnissen der *Meister* lebte. Er war der einzige Sohn eines schwerkrank aus der Kriegsgefangenschaft heimgekehrten Berufsoffiziers, der bald starb. Nur unter großen Opfern gelang es der Witwe, den Sohn bis zum Abitur zu bringen, ihn studieren zu lassen. Sie lebte zurückgezogen in der hintersten Provinz; das Geld, das sie dem Sohn schickte, reichte aus für eine Dachkammer, in der der *Meister* mehr hauste als lebte. Ich kannte die Dachkammer, war ein paarmal dort, fragte gedankenlos: »Findest du nichts Besseres?«

Nein, natürlich fand er nichts Besseres, mußte mit jedem Pfennig rechnen.

Die Möbel waren im Sperrmüllstil gehalten. Auf einer mit maschinengeschnitzten, zum Teil abgebrochenen Girlanden verzierten Kommode stand eine kleine Kochplatte und daneben sein einziger Luxus: ein Plattenspieler. Aber auch der war »antik«. Offenbar ließ sich die Geschwindigkeit nicht mehr richtig regeln. Der Perfektionssinn des *Meisters* hätte nicht geduldet, daß eine Schallplatte (damals gab es noch keine CDs) nicht mit exakter Geschwindigkeit ablief. (Die Tonhöhe stimmte der *Meister* mittels der Stimmgabel und seines zwar nicht absoluten, aber hochgradigen relativen Gehörs ab.) Mit Hilfe eines ausgeklügelten Systems von kleinen Läppchen, die an genau bemessenen Stellen des Triebwerks klebten, regulierte er die Geschwindigkeit.

Kein Luxus war sein Fahrrad mit Hilfsmotor. Das wenige Benzin, das das knatternde Ding brauchte, war damals billig, der Aufwand also geringer als selbst eine Studentenmonatskarte. Freilich hätte es ein Fahrrad ohne Hilfsmotor für die Fahrten in die Universität auch getan, nicht aber für die zweihundert Kilometer seiner Heimfahrt zur Mutter, die, langsam ungeduldig werdend, auf den endlichen Abschluß des Studiums wartete. Immerhin aber päppelte sie ihn bei diesen Gelegenheiten auf – alle Monate etwa einmal.

Wohin der *Meister* mit seinem Hilfsmotorfahrrad nicht alles fuhr! Einmal bekam das Institut ein paar Karten für eine Generalprobe bei den Bayreuther Festspielen. Der *Meister* setzte sich in seinem schwarzen Konfirmandenanzug auf das Knatterding und fuhr hin. Wie viele Stunden er wohl brauchte? Bei Regen und Wind fuhr er mutig, unverzagt – bei schlechtem Wetter in einen der heute ausgestorbenen Kleppermäntel gehüllt, die man zeltartig um Lenkstange, Schultern des Fahrers und Gepäckträger drapieren konnte.

Man stelle sich vor! Sogar nach Paris fuhr der *Meister* auf diesem Gefährt, um in einer Bibliothek die Originalhandschrift irgendeines Troubadourgesangs einzusehen. Die vorhandenen Kopien und Umschriften dieses Gesangs in der Literatur waren dem *Meister* nicht genau genug. Vier Tage brauchte er hin, vier Tage zurück. Wir vermuteten, daß er in Heuschupfen übernachtete.

Er jammerte nie. Er ging so sparsam mit dem Wenigen um, das ihm zur Verfügung stand, war auch in seiner Sparsamkeit Perfektionist, und es blieb genug für ein Bier übrig, wenn wir abends nach einem Seminar, einem Konzert oder Theaterbesuch in einem der Stammlokale saßen, in der Hopfenperle etwa oder in Helmut's Gondel, in welchem Lokal der *Meister* nicht müde wurde, über den falschen Apostroph zu lästern. Aber Helmut von der Gondel führte – sehr selten damals – das echte Budweiser (also nicht das schauerliche amerikanische Bud, ein Getränk, das eigentlich nur per Gefahrentransport ausgeliefert werden dürfte, sondern das echte tschechische Bier). Das schätzte der *Meister*. Auch beim Bier Perfektionist.

Das feine Kaffeehaus nahe dem Theater in der Innenstadt gehörte eigentlich nicht zu unserem – wenn ich als Rand- und Gasthörer mit dieser ersten Person pluralis auch mich umfassen darf – gastronomischen Bereich, aber einmal, und das war, wie sich später herausstellte, wohl ein schicksalsträchtiger Tag für den *Meister*, saßen wir doch nach dem Gastspiel einer hochmodernen, vielgepriesenen englischen Stegreiftruppe in jenem feineren Kaffeehaus. Das Gastspiel durfte keinesfalls versäumt werden, wenn man danach noch mitreden wollte. Wo sind die wohl hingekommen, die da zum Teil nackt auf der Bühne herumhüpften und unter anderem auf offener Bühne ein Linsengericht kochten und es warm an die Zuschauer verteilten?

Es war ziemlich scheußlich, das Linsengericht. Was sie spielten ebenfalls, und es ist deshalb auch in die Tiefe der Jahre versunken.

*

Als kriminell betrachtete er es nicht, nicht einmal als Kavaliersdelikt, sondern quasi als Notwehr.

Es gab Studentenkarten für ein paar Pfennige. Da mußte man anstehen, rechtzeitig dort sein, sich geschickt vordrängeln und anderseits aufpassen, daß sich nicht andere geschickt und unmerklich vordrängelten. Da konnte der *Meister* ganz schön giftig werden, wies den Drängler mit seiner hohen, scharfen Stimme zur

Ordnung. Fast immer half das. Sich selber vorzuschlängeln war etwas anderes. Wenige Minuten vor Beginn der Vorstellung wurden nämlich die nicht verkauften Karten für die erwähnten paar Pfennige an die Studenten (gegen Ausweis) abgegeben. Anders hätte sich der *Meister* keinen Theater- oder Konzertbesuch leisten können.

Oft, besonders bei aufsehenerregenden Theaterereignissen oder Konzerten stand AUSVERKAUFT an der Kasse. Ein paar Unbeirrte warteten zwar trotzdem, es mochte ja sein, daß einem das Glück lachte, und eine bestellte Karte oder zwei wurden nicht abgeholt. Das kam selten vor.

Der *Meister* perfektionierte, schon aus Gründen seines engen Etats, das, was die Italiener »fare il portoghese« nennen. Warum gerade die Portugiesen in Italien zu dem Ruf kommen, sich *schwarz*, ohne Eintrittskarte, in eine Veranstaltung hineinzuschwindeln oder in Bahn und Tram schwarzzufahren, hat noch niemand hinreichend erklärt. Gehen alle Portugiesen *schwarz* ins Theater? Bleiben in Portugal alle Billetten ungenutzt an der Kasse liegen, während der Zuschauerraum voll ist? »Dann können wir die Billetten ja gleich für morgen verwenden…« Aber morgen passiert das gleiche. Sparen sich die portugiesischen Theater dann das Billettendrucken?

Rätsel über Rätsel. Ich war in Portugal, dort aber nicht im Theater, konnte das also nicht nachprüfen. (Der *Meister* hätte es nachgeprüft.)

Der *Meister* war ein ausgepichter Meister als »portoghese«. Der primitivste Trick, den der *Meister* aber schon beinahe verachtete, war der, daß einer ordentlich mit einer Karte hineinging, drinnen von einem, den er kannte, flüchtig oder gut, die Karte erbat und mit zwei Karten (eine versteckt, versteht sich) nochmals hinausging. »Muß nur eben schnell...«, zum Saaldiener sagte, dem wartenden *Meister* die zweite Karte gab – und so fort. Das sogenannte »Doppel-Karten-Prinzip«. Funktionierte nicht immer, weil die Saaldiener selbstverständlich auch nicht blöd waren.

»Selbst mir«, sagte Carlone in der *Madonna*, »wo ich doch wirklich mit ihm ganz eng befreundet war, hat er nie verraten, wo zum Beispiel das Schlupfloch im Schauspielhaus war, durch das er, funktionierte kein anderer Trick, in den Zuschauerraum gelangte. Er geizte eisern mit diesen Informationen, befürchtete natürlich mit Recht, daß bei weiterer Verbreitung das Schlupfloch in Gefahr geriete. Ich würde mich nicht wundern, wenn er sich im Schauspielhaus durch den Kohlenkeller einschleuste. Drinnen fiel es nicht auf, ob dreiundzwanzig oder vierundzwanzig Zuschauer das Stehplatzparkett bevölkerten, und erfahrungsgemäß war regelmäßig irgendwo ein Platz aus rätselhaften Gründen frei, und den erspähte der *Meister* immer als erster.«

Bei jenem, sich später als für den *Meister* schicksalsschwer herausstellenden Theaterabend waren außer der schönen Helene Romberg (in transparentem Tuch, großblättriger Blumendruck verwischte das Nötigste), der Russin, dem Göttlichen Giselher und dem Assistenten Dr. Freudmann die Doktoranden Weimerer und Gutlehner, noch ein paar entfernter bekannte Kommilitonen, Carlone und selbstverständlich auch der *Meister* und ich in der Vorstellung. Das ganze Rudel strömte dann ins bewußte feinere Kaffeehaus, besetzte einen größeren Tisch und redete, was eben bei solchen Gelegenheiten kreuz und quer geredet wird: über die eben gesehene Aufführung in speziellem und in generellem Sinn sowie über Gott und die Welt.

Langsam leerte sich das Kaffeehaus. Der Göttliche Giselher hielt einen seiner beliebten Vorträge. Wenn ich mich recht erinnere, und ich erinnere mich an den Abend sehr gut, redete er ausgreifend und erschöpfend über die Funktionen der Harnsäure bei Mensch und Tier. Ein Mediziner war nicht dabei, so daß die Authentizität der Darstellung ungetrübt blieb.

Später bog der Gesprächsfluß in das Land der Musik ab, und die schöne Helene Romberg erklärte, daß sie die Werke gewisser Komponisten aus ihr unerklärlichen Gründen »nicht riechen« könne. Sie wisse genau, welche. Sie »rieche« sie beim ersten Ton.

»Welche?«

»Max Reger«, sagte sie, »Anton Bruckner und Hugo Wolf.«

»Und warum?«

»Ich weiß es nicht.«

Auch später noch dachte ich lang darüber nach. Was fehlte der schönen Helene Romberg bei diesen, gerade bei diesen doch wohl hoch zu achtenden Meistern?

Ja, spürte die hocherotische Helene an den dreien etwas Eunuchisches? Womöglich, betrachtet man deren Lebensläufe genauer, mit Recht? War ihre oft geäußerte Vorliebe für Berlioz auf dessen vielleicht für so eine Frau spürbare Erotik zurückzuführen? So etwas hat die Musikpsychologie auch noch nicht erforscht.

Der Kreis im Café wurde kleiner, Carlone, die Romberg, Weimerer, der *Meister* und ich blieben. Es ging gegen Mitternacht. Von den anderen Tischen waren nur noch wenige besetzt. Weimerer war ein sehr ernster Mensch. Humor war nicht die erste Eigenschaft, die einem einfiel, wenn man an ihn dachte. Er promovierte über etwas in der Richtung: *Die Affinität der Kölner und Schlettstadter Traktate zur Musica enchiriadis,* wobei ich für die genaue Formulierung nicht die Hand ins Feuer legen kann. Sein musikalischer Hörgenuß hörte – etwas übertrieben ausgedrückt – bei Perotinus auf († um 1200, wenn's wahr ist), von unten her gerechnet, wohlgemerkt. Wenn er seinem Ohr neuere Musik gestattete, dann – was ich als bedenkenswertes Phänomen betrachtete – die Linie Berlioz – Wagner – Neue Wiener Schule. Allenfalls, allenfalls kam eine isorhythmische Motette in Frage und vielleicht Gesualdo, der damals gerade aus der Versenkung der Archive in der – zumindest spezielleren – Konzertpraxis auftauchte. Als Carlone, weil irgendwie die Rede darauf kam, die *Lustige Witwe* erwähnte und als in ihrer Art meisterlich nannte, wandte sich Weimerer angeekelt ab. Selbst des *Meisters* Hinweis darauf, daß Schönberg nachweislich ein großer

Verehrer des Walzerkönigs Johann Strauß gewesen sei, ließ Weimerer nicht gelten, wurde kämpferisch:

»Geschmacklosigkeiten! Musikalische Schamlosigkeiten!«

Es war nur noch ein Tisch außer dem unseren besetzt. Ein älterer Herr, der den Blick aus seinem kantigen Gesicht in ein Glas mit Rotwein versenkt hatte, war neben uns der einzige verbliebene Gast.

»Ein Unsinn«, sagte ich, »das eine gegen das andere auszuspielen. Brahms gegen Wagner, früher Gluck gegen Piccini, den man schon kaum mehr kennt…«

Da sprach der *Meister* den bemerkenswerten Satz: »Meine Lieblingsmusik ist immer die, die ich grad höre.«

Die Kellnerin räumte weiter hinten schon ungeduldig die Stühle auf die Tische.

»Zahlen«, riefen wir. »Ist schon erledigt«, sagte die Kellnerin.

– ? –

Sie zeigte auf den Herrn, den letzten Gast. Der nickte nun zu uns herüber, erhob sich, auch wir standen auf.

»Gestatten Sie, daß ich mich vorstelle«, sagte er in altväterlicher Höflichkeit und gab dem *Meister* eine Karte, »und ich habe mir erlaubt, das im übrigen wenige zu übernehmen, was Sie getrunken haben. Ich habe Ihrem Gespräch zugehört. Verzeihen Sie, ich habe nicht gelauscht, es war ja nicht zu überhören. Sehr interessant, sehr amüsant. Besonders Ihre…«, er wandte sich an den *Meister*, »…Bemerkung über Ihre Lieblingsmu-

58

sik hat mich, wenn Sie erlauben, bewegt. Wären Sie so freundlich, sich mit mir in den nächsten Tagen in Verbindung zu setzen, wenn es Ihnen nicht unangenehm ist? Ich bin noch eine Woche hier, wohne im Hotel...« (Er nannte das erste Haus der Stadt.)

*

Dr. Dorpat stand auf der Karte. Zwei Adressen: eine in Wien, eine in Winterthur.

»Ein wenig«, sagte Carlone in der *Madonna*, »wirkte er wie einer von diesen baltischen Baronen. Als ob er ein Monokel trüge. Trug aber keins.«

*

Die *orata* war zerteilt und halb aufgegessen. Carlone legte die Gabel hin: »Erinnerst du dich an den – ist Zusammenstoß zu viel gesagt? – des *Meisters* mit dem Dirigenten ...?« Carlone nannte einen Namen, den ich hier nicht gern wiedergebe.

»Wie nicht!« sagte ich.

Ob mit Hilfe des Doppelbillettes oder mittels Einschleichen durch den Kohlenkeller, sei es, wie es gewesen war, hörte der *Meister* ein Konzert, ein Gastdirigat eines hochberühmten Weltklassedirigenten der höheren Gebührenklasse. Unter anderem wurde Richard Strauss' *Till Eulenspiegel* gegeben.

Der *Meister* hatte, wie immer, die Taschen- oder Studienpartitur dabei, ausgeliehen im Institut oder in der Stadtbibliothek.

(Das Institut hatte einen großen Fundus an Studien-partituren, und zwar aus dem Nachlaß Salomon Jadas-sohns, der als Stiftung an das Institut gekommen war. Es war sogar ein Fonds vorhanden, aus dem die Samm-lung von Studienpartituren fortgeführt werden konnte. Am wenigsten benutzt, freilich, wurden die Partituren der Werke von Jadassohn selber. Der »tausendjährige Lehrstuhlinhaber«, es war der Vorvorgänger von Gob-litz, und ich nenne auch dessen Namen nicht, er soll im Orkus des Vergessens verfaulen, ließ einen eigenen dik-ken Stempel anfertigen und auf alle seine Partituren drücken: JUDE.)

Nach dem Konzert – ich war auch dort – diskutierten wir, und der *Meister* erregte sich dermaßen über den Di-rigenten, weil der eine Generalpause nicht korrekt aus-gezählt hatte, daß Carlone im Unernst vorschlug: »Geh hin und sag's ihm«, was aber der *Meister* ernst nahm. Er drehte sich auf dem Absatz um, eilte zum Künstlerein-gang, erwischte tatsächlich den Maestro, einen an und für sich schon sowohl mißmutigen als auch hocheitlen Menschen, faßte ihn am Rockaufschlag und fuchtelte in der Partitur auf die betreffende Stelle.

Der verblüffte Maestro blieb tatsächlich stehen, wurde allerdings noch mißmutiger. Der *Meister* sang aus der Partitur vor, auf die Stelle hämmernd, zählte die Achtel. Der Dirigent wurde um einen weiteren Grad mißmutiger, knurrte: »Richard Strauss selber, ich habe es gehört, hat die Stelle so dirigiert. Lassen Sie mich mit dem Quatsch«, riß sich los und ging.

Der *Meister* schrie ihm nach: »Dann ist der Komponist mit seinem eigenen Werk *leichtfertig* umgegangen.«

Leichtfertig. Deswegen weiß ich die Stelle genau, jene Generalpause, die der mißmutige Dirigent nicht exakt ausgezählt, zu kurz genommen hat – eine leider weitverbreitete Unsitte. Es sind die Takte 388/390 (Ziffer 26 in der Eulenburg-Partitur), und der Abschnitt trägt die Vortragsbezeichnung: *leichtfertig*.

»Und hier! und hier (x)! haben die Klarinetten statt auf *Eins* schon auf dem letzten Achtel des vorangegangenen Taktes eingesetzt. Leichtfertig!« schrie der *Meister* dem davoneilenden Pultgiganten nach.

»Wem das Glück lacht, der kann auch im Stehen *scheuzzen*«, pflegte mein Großvater zu sagen, worauf er stets eine Rüge seitens der Großmutter bekam.

Dem *Meister* lachte das Glück. »Soll ich wirklich hingehen in das Hotel zu dem Dr. Dorpat?«

»Logo.«

»Aber wenn er das gar nicht ernst gemeint hat?«

»Dann ist er selber schuld.«

»Meinst du wirklich?«

»Und er hat es ernst gemeint, sage ich dir, sonst hätte er uns nicht die ganze Zeche bezahlt.«

»Ich weiß nicht recht…«

»Geh hin!«

Der *Meister* ging hin. Dr. Dorpat lud ihn abends zum Essen ins beste (und teuerste) Restaurant der Stadt ein, überschüttete ihn nicht nur mit Budweiser, sondern auch mit Champagner – in Maßen, aber großzügig. »Freilich«, sagte der *Meister* später, »hatte ich zunächst gewisse Befürchtungen. Du verstehst. Daß er gewisse andere Interessen an mir hätte.«

»Du meinst?«

»Ja. Aber keine Rede davon. Das merkt man. So elegant höflich, wie er ist, sind zwar heute fast nur noch Homosexuelle. Aber – nein. Ich glaube eher, der Herr Dr. Dorpat ist ein großer Damenfreund. Wie er – dezent, aber mit deutlicher Kennerschaft – der Bedienung ins Decolleté gelugt hat…«

Zurückhaltend zwar, aber mit freundlichem Interesse fragte Dr. Dorpat den *Meister* nach seinen Lebensumständen, vor allem nach seinem Studium, ließ mit keiner Miene erkennen, daß er merkte, der junge Mann da ist ein armer Schlucker und auf dem besten Weg, ein ewiger Student zu werden. Seinerseits berichtete er mit sympathischer Bescheidenheit, ja, wohl sogar Untertreibung, daß er Geschäftsmann gewesen sei, Unternehmer, »von einem gewissen Erfolg beglückt«, das Familienunternehmen, das zum Teil in Österreich, zum Teil in den USA angesiedelt sei, seinem Sohn übergeben habe und sich nun seinem Steckenpferd widme, der Musik. Nicht nur der Musik, auch der Wissenschaft von der Musik. Er wolle da wirklich eindringen.

»Und«, er lachte, »es mir im übrigen gutgehen lassen. Noch ein Gläschen, mein junger Freund?«

Er sei dabei, rückte er dann heraus, ein Buch über Jean Sibelius zu schreiben.

Der *Meister* zuckte zusammen. Adorno lebte damals noch. Das sagt wohl alles. Sibelius wurde in der Musikwissenschaft so wenig erwähnt wie der Teufel im Credo.

»Eben«, sagte Dr. Dorpat, »eben drum. Wenn ihn Adorno nicht mag, spricht das schon einmal für Sibelius. Ist Ihnen nie der Verdacht gekommen, daß Sibelius moderner sein könnte als Schönberg?«

»Ehrlich gesagt, nein.«

»Und eben dem möchte ich in meinem Buch nachgehen. Aber ich brauche Hilfe. Ich bin kein Musikwissenschaftler. Mir fehlt das Handwerkszeug. Also, Sie verstehen, Notenlesen kann ich schon, aber die feinere, die tiefere Terminologie und so fort. Wollen Sie mir helfen?

Sie sollen es nicht umsonst tun und auch nicht im geheimen. Ihre Mitarbeit soll auf dem Titelblatt festgehalten werden.«

Der *Meister* dachte an seine einzelne Herdplatte in der Dachkammer und an seinen Plattenspieler mit den Läppchen und schluckte.

»Sie brauchen jetzt nichts zu sagen. Ich verstehe, wenn Sie sich's überlegen wollen. Sehen wir uns morgen? Ich habe zwei Karten für die Oper. Sie müssen wissen, daß ich hier meine Tochter getroffen habe, sie ist in London verheiratet, für sie war die zweite Karte gedacht, aber – nein, Sie brauchen sich nichts zu denken, Barbara macht sich gar nichts aus Oper, leider. Sie ist eher froh, wenn sie ihren alten Tattergreis von Vater nicht begleiten muß.«

Das war jetzt stark unter- oder übertrieben, je nachdem, wie man es sah: Der »Tattergreis« war groß, straff, sichtlich rüstig, daß er ein wenig hinkte, fiel kaum auf.

Ganz berauscht – auch vom Champagner – ließ sich der *Meister* heimfahren. Ja: heimfahren. Dr. Dorpat hatte ein Taxi kommen lassen und die Fahrt im voraus bezahlt. Und am nächsten Tag also ging der *Meister* mit Dr. Dorpat in die Oper, mußte nicht um Studentenkarten anstehen, ging peinlich berührt, hatte ich das Gefühl, unangenehm wegen des Glücksumstandes, der ihn ereilt hatte, an uns Wartenden vorbei. Danach wieder ein Abendessen in einem anderen teuren Lokal, wobei der *Meister* die Tochter kennenlernte: »Sehr gepflegt, aber mir wäre sie zu lang und zu dünn.«

Ja, und dann sagte der *Meister* zu.

»Es wäre doch der reinste Schwachsinn, Mensch, dieses Angebot nicht anzunehmen.«

»Aber Sibelius?«

»Unter *den* Umständen wäre mir Ludwig Gruber recht und ›Mei Muatterl war a Weanerin‹ Opus 1000.«

*

Nach Winterthur fuhr der *Meister* nicht mit dem Fahrrad mit Hilfsmotor, sondern im Schnellzug (so hieß das damals noch) und erster Klasse. Die Fahrkarte hatte ihm Dr. Dorpat geschickt. Auch ein Vorschuß war eingetroffen. Der *Meister* kaufte sich davon eine neue Hose. Und die Taschenpartitur der 5. *Symphonie* von Sibelius.

Sie arbeiteten vierzehn Tage miteinander an dem Buch, kamen, so der *Meister*, ein gutes Stück vorwärts. Und Dr. Dorpat verwöhnte den *Meister*, brachte ihn in einer viersternigen Park-Hotel-Suite unter und ihm eidgenössisches Wohlleben nahe.

Daß der *Meister* für diese Reise sein Studium hintanstellte, fiel bei seiner Studiengeschwindigkeit nicht ins Gewicht.

*

Danach bestellte oder berief oder wie man sagen soll – nein, so grob hätte Dr. Dorpat nicht einmal gedacht – *bat* er nicht den *Meister,* nach Winterthur zu kommen, sondern reiste zu ihm, das Manuskript im Gepäck. So lernte auch ich Dr. Dorpat flüchtig kennen.

Sibelius und Adorno.

Damals war Adorno so etwas wie die alleinseligmachende Weltsicht. »Papst der Geisteswissenschaften« wäre keine ausreichende Bezeichnung gewesen. *Demiurg der Ewigen Wahrheit*. Das war Adorno. Wer nicht in seinen Arbeiten Adorno zitierte, war weg vom Fenster. Wer etwas gegen Adorno zu sagen wagte, galt als wissenschaftlicher Underdog.

Nicht nur wissenschaftlich, auch gesellschaftlich. »Darf ich Sie zu einem Drink einladen?«

»Bitte lassen Sie mich in Frieden. Ich habe gehört, Sie mäkeln an der Frankfurter Schule herum.«

Oder: »Wenn du noch ein Wort gegen Adorno sagst, fliegst du aus meinem Bett.«

So war das damals.

Ich bekenne, daß ich außer *Musik und Gesellschaft* und den *Minima Moralia* nichts von Adorno gelesen habe, und dann aber noch das Gustav-Mahler-Buch, das bei jenem Seminar mit der Einleitung zum ersten Satz der ersten Symphonie Pflichtlektüre war. Reichen diese drei Werke? Mir reichte und reicht es im Ganzen. Ich habe in der Zeit des Seminars über Mahlers Symphonien damals, obwohl ich in meinem Referendardienst und der – genehmigten – Nebentätigkeit bei einem Rechtsanwalt halbtags genug zu tun hatte, versucht, Adornos Mahler-Buch ins Deutsche zu übersetzen, das heißt herauszufinden, was er mit seinen krausen Sätzen meinte. Dabei fiel mir auf, daß an dem Ganzen außer dem neckisch nachgestellten »sich« (dem sogenannten Adorno-Sich) nichts

Besonderes an dem Buch war. Er kannte sich auch offenbar mit der musikalischen Terminologie nicht aus. (Haben Sie das Adorno-Sich bemerkt?) Ich erinnere mich an eins: daß er »Orgelpunkt« mit »Pedalton« verwechselte.

Was die *Minima Moralia* betrifft: Alles, was Adorno irgendwie geärgert hat, ist ihm zur *Kritischen Theorie* geronnen. Hing in einem Hotelzimmer störend ein Bild schief, hat er es sofort und generell auf den »Despotismus der totalitären Ideologien« zurückgeführt und mindestens eine *Minima* gegen Bilder in Hotelzimmern geschrieben. Hätte man nur das Bild zurechtrücken brauchen, um auch Adornos eigenen Despotismus seiner totalitären Ideologie zurechtzurücken?

Halte zu Gnaden wegen alldem. Wahrscheinlich verstehe ich es nur nicht, überlasse es aber gern anderen, es zu verstehen. Ich habe aber das Gefühl: Heute? Heute bemühen nicht mehr viele sich (!!) drum.

*

Das Buch Dr. Dorpats über Sibelius erschien nie. Der *Meister* wurde später dann doch sehr oft gebeten, zu Dr. Dorpat in die Schweiz zu kommen, immer erster Klasse im D-Zug, versteht sich. Der *Meister* genoß es, perfektionierte auch seine Bahnreisen.

»Es war oft nicht auszuhalten«, sagte Carlone in der *Madonna* (er hatte eben eine zweite *orata* mit der Begründung bestellt, daß man nur einmal lebe), »er beherrschte von nun an die Fahrpläne bis ins einzelne. Und wehe, wenn die Wagenfolge mit der Anzeigentafel am Bahnsteig nicht übereinstimmte. Du konntest erleben, daß er rot vor Zorn zum Bahnhofsvorstand eilte, zwar den Zug versäumte, aber eine geharnischte Beschwerde losließ.«

»Ja, ich erinnere mich auch, daß er gewisse Züge bevorzugte, weil die eine tschechische Garnitur und damit einen tschechischen Speisewagen mitführten, und der Speisewagen Budweiser oder zumindest Pilsner Urquell.«

»Er nahm Umwege in Kauf, weil er Strecken bevorzugte, auf denen die Schienen noch auf alten Holzschwellen lagen, die den Waggon weicher federn ließen.«

»Einmal fuhren wir ein Stück gemeinsam«, erinnerte ich mich. »An einem Bahnhof, den wir durchfuhren, stand auf einem Nebengleis eine Lokomotive. Der *Meister* schaute kritisch hinaus, musterte die Lokomotive, murmelte die daran angebrachte Nummer und: ›Voriges Jahr neu gestrichen und schon wieder so abgeschabt.‹«

Der *Meister*, der Perfektionist.

Aber das Buch erschien nie. Von einem Tag auf den anderen warf eine Krankheit den so aufrechten, stangengraden Dr. Dorpat ins Waagrechte, gefällt wie einen Baum. Dorpat klagte nicht, bot der Krankheit die Stirn, allerdings vergeblich. Für einige Monate verfügte er sich in eine hochspezialisierte Klinik in den USA. Es half nichts. Er ließ sich nach Winterthur zurückbringen. (Er war übrigens kein Schweizer, hatte nur dank finanziellem Unterfutter von den Eidgenossen ein steuerlich warmes Plätzchen eingeräumt bekommen.) Er wurde ein Pflegefall. Seine Vermögensumstände erlaubten selbstverständlich eine luxuriöse Pflege. Aber daß er den mit raschen Schritten heraneilenden Tod bestechen könnte, redete er sich nicht ein.

Er und der *Meister* arbeiteten bis zuletzt an dem Buch. Aber gegen Ende des betreffenden Jahres verfiel – ebenfalls von einer Stunde zur anderen – auch Dr. Dorpats Geist.

Der *Meister* erschrak, als er zur vereinbarten Stunde zu Dorpat in dessen Villa kam und er ihn nicht mehr erkannte.

»Sibelius«, sagte der *Meister* betroffen.

»Was ist Sibelius?« sagte Dorpat mit fremder Stimme.

*

Ich machte mein Staatsexamen, ich zog weg. Ein paarmal noch, seltener werdend, besuchte ich ein Seminar, oft wie der Verlorene Sohn begrüßt; aber auch andere verschwanden aus dem Kreis, wie es eben so geht: schlossen ihre Arbeit ab, bekamen ein Stipendium für Amerika, wechselten an eine andere Universität. Die schöne Helene Romberg war, wie beabsichtigt, in den Schuldienst gegangen – oder war sie, als sie aus dem Kreis ausscherte, schon verheiratet mit meinem ehrgeizigen Kollegen und Einser-Juristen Sigurd Winter? Wenn einer schon Sigurd heißt, dann weiß man ja. Er selber kann nichts dafür, aber so ein Elternhaus färbt entweder lebenslang ab oder stößt einen in den Trotz und die

Opposition. Bei Sigurd Winter hatte es abgefärbt. In der Wolle gefärbt. Ich traue ihm zu, nein, ich bin sicher, daß er politisch richtig ausgerichtet war, das karrierefördernde Parteibuch und den ebensolchen Rosenkranz in der Tasche hatte. Nein, den Rosenkranz nicht, noch nicht, erst nach dem bekehrenden Birnenschnaps seitens Pfarrer Rohrdörfers, der selber übrigens jedwedes Parteibuch strikt zurückgewiesen hätte. (Oder dürfen Priester gar kein Parteibuch haben? Ist es seitens der Kirche oder der politischen Parteien nicht erwünscht? Auch so etwas Geheimes wie das Paßphoto von Nonnen: linkes Ohr frei, ohne Kopfbedeckung – so die Vorschrift. Gibt es für Nonnen eine Ausnahme? Es müßte sie geben, denn ohne den – wie sie es nennen – Schleier, barhaupt also, würde man sie ja fast nicht erkennen. Wie kann ich dem auf die Spur kommen? Wie kann ich es zuwege bringen, einen verstohlenen Blick in den Paß einer Nonne zu tun? Überhaupt: Paß. Auch darüber habe ich lang nachgedacht: Kaiser Franz Joseph hatte einen Paß. Das wußte der Göttliche Giselher, behauptete, der Paß sei in einer Ausstellung zu sehen gewesen. In Wien, wo er, der Göttliche, nie war. *Beruf* bei Franz Joseph: Kaiser und König. Hat heute, zum Beispiel, die Königin von England einen Paß? Oder der Papst? Wenn sie respektive er auf Staatsbesuch geht, muß sie respektive er den Paß vorzeigen, bevor er – worauf man bei Johannes Paul II. immer gewartet hat – die Erde küßt? Sie, die Queen, küßt ja nicht, habe jedenfalls nie etwas davon bei den entsprechenden Fernsehübertragungen gesehen.)

Eine lange Parenthese. Auch Carlone in der *Madonna* wußte das mit den Paßphotos von Nonnen nicht. »Ob der *Meister* es gewußt hätte?«

»Womöglich hätte er nicht geruht und gerastet, bis er es herausbekommen hat. Hätte vielleicht frech im Zug – ich stelle mir vor: Er reist zufällig im gleichen Coupé mit einer Nonne, er bemerkt, daß ihre Handtasche offen ist, darin der Paß. Er lenkt die Nonne ab: ›Schauen Sie, da – die Burg, da hat Barbarossa geheiratet!‹ Eine krasse Lüge – also die Burg schon, die zog gerade vorbei, aber der Barbarossa – nein, der hatte diese Burg nie auch nur von außen gesehen. In solchen Fällen schreckte der *Meister* jedoch vor nichts zurück, auch nicht vor dem Verbiegen historischer Tatsachen.«

»Und wenn keine Burg vorbeizieht?«

»Ja, irgendwas zieht immer vorbei. ›Schauen Sie, ehrwürdige Mutter, was für eine schöne, große Kuhherde.‹ Oder so. Eben. Und ein Griff in die Tasche, schnell mit einer Hand aufgeschlagen… und wieder hineingesteckt.«

»Ja, kann ich mir vorstellen.«

»Und die Nonne sagt zwar: ›Eigentlich interessiere ich mich nicht für Kühe…‹«

»Oder: ›für Barbarossa‹.«

»Aber der *Meister* weiß es, wie das Paßphoto einer Nonne aussieht.«

»Der Göttliche Giselher allerdings hätte einen langen, allumfassenden und erschöpfenden Vortrag über das Paßwesen in Geschichte und Gegenwart gehalten, in dem nichts, aber auch gar nichts gestimmt hätte.«

Die schöne Helene Romberg, nunmehr verheiratete Winter, Mutter eines Amadeus Winter, dieser, im Gegensatz zu seiner Mutter, dem, wie sie über sich selber sagte, »Heidenkind«, sehr wohl getauft, katholisch, da nach des Ministerialrats (denn das war er inzwischen) Konversion geboren. Nie sagte der Pfarrer Rohrdörfer ein Wort zu dieser Gemengelage, obwohl er es wußte. Sie ging in die Kirche, die schöne Helene Winter. Wenn ihr Mann einem der feierlichen und musikalisch hochrangigen Hochämter beiwohnte, begleitete sie ihn, genoß die Messe, machte verhalten die rituellen – wie soll man sagen – Körperbewegungen mit. Kam sie so der Religion näher? Oder nur dem Pfarrer Rohrdörfer? War die initiale Gemeinsamkeit das Peterl? Frau Helene war eine Katzennärrin. War sie selber so etwas wie eine Katze?

»So offen und klar sie redete und dachte«, sagte Carlone in der *Madonna*, »so wenig je eine Lüge aus ihrem Mund kam, so freizügig sie, solang sie jung war, und sie war lange jung, ihre, wie soll ich sagen, naturbelassene Körperlichkeit keineswegs zu verbergen trachtete, so war sie doch ein Rätsel, eine Sphinx. Eben eine Katze.«

»Übrigens auch neugierig wie eine Katze.«

»Und ungeduldig wie eine Katze. Wenn das Konzert zu Ende war, klatschte sie einmal fest, und dann drängte sie schon hinaus.«

»Nur, daß sie nicht wasserscheu war.«

»Richtig. Im Gegenteil. In jedes Wasser hüpfte sie, fast zwanghaft …«

»Ein Rätsel.«

»Ein schönes Rätsel.«

»Ob der Sigurd Winter es gelöst hat?«

»Kaum.«

»Pfarrer Rohrdörfer?«

Wir schwiegen und dachten nach.

Selbstverständlich war Helene Romberg – ich benutze lieber diesen Namen statt »Winter«, sie nahm ihn ja dann später auch wieder an – bei jenem Ereignis dabei, das großen Wirbel verursachte: bei des Tierfreundes Rohrdörfers Idee – vom Generalvikar übrigens später als Schnapsidee bezeichnet – eines Gottesdienstes für Tiere.

Der Zulauf war unbeschreiblich. Alle Katzen, Hunde, Kanarienvögel, Papageien, Goldhamster, Kaninchen aus der ganzen Pfarrei, selbst ein Schaf und ein Pony wurden in die Kirche gebracht, sogar einige Aquarien mit Goldfischen und Exoten wurden angeschleppt ... Seltsam: War es der Weihrauch, war es die auch den Tieren erkennbare Feierlichkeit? Die Tiere waren wohl über eine halbe Stunde lang ruhig. (Daß ihr Geruch nicht wahrnehmbar war, verdankte man allerdings dem Weihrauch.) Pfarrer Rohrdörfer kürzte die Messe zweckdienlicherweise auf knapp diese halbe Stunde ab. Es war eigentlich nicht viel mehr als eine Segnung und eine Predigt – worüber wohl? – über den heiligen Franziskus.

Unbeschreiblich auch der Wirbel hernach. Ohne daß Rohrdörfer eigens Reklame gemacht hätte, sprach es sich herum wie ein Lauffeuer. Die Boulevardpresse, selbst die von auswärts, das Fernsehen, alle waren da. Bei Trachtenvereinsveranstaltungen gibt es immer Preise: für die Gruppe mit den schönsten Hüten, für die Gruppe mit den authentischsten Knöpfen, für die Gruppe mit der ältesten Fahne und so weiter, und den »Weitpreis«, das ist der Preis für die Gruppe, die den weitesten Weg hatte.

»Der Weitpreis unter den Reportern«, sagte Monsignore Rohrdörfer nach dem Gottesdienst und hielt sein Peterl im Arm, »gebührt dem Journalisten aus Edinburgh.« Und das Peterl (der Peterl? ich weiß nicht mehr, ob so oder so) streckte sich und leckte an Rohrdörfers Kinn zart mit seiner rauhen Zunge.

Und eben dieses Bild ging am nächsten Tag nicht grad um die Welt, aber doch um die kleine Welt dieser Stadt hier und landete, auf der ersten Seite der ›Abendzeitung‹, auch auf dem Schreibtisch des Generalvikars.

Eine Minute danach klingelte im Butzenscheibenpfarrhaus das Telephon, und Rohrdörfer wurde, *stilo militari* gesprochen, zum Rapport bestellt.

»Und da schauen Sie«, jammerte der Generalvikar (Rohrdörfer erzählte es später oft und genüßlich), »da stehen Sie in der Zeitung mit Bild – in Soutane, tz, tz, tz, und es küßt Sie eine Katze.«

»Ich erinnere mich«, sagte Rohrdörfer – er hatte sich verbal gewappnet, »an Bilder unseres Herrn Jesus, auf dessen Schulter ein Schaf liegt.«

Darauf konnte der Generalvikar nichts sagen, murmelte nur etwas von: »...nicht zu oft« und entließ den Pfarrer. Pluspunkte in der Personalakte brachte es nicht. Aber das kümmerte den Pfarrer wenig, gestützt auf eine Popularität in seiner Gemeinde, die an Heiligenverehrung grenzte.

»Und merkwürdig«, sagte er später einmal zu mir, als wir uns wieder einmal an die Sache erinnerten, »daß der Generalvikar dieses Bild vom *Guten Hirten* als Argument hat gelten lassen. Ich glaube nicht, daß der historische Jesus so mit dem Schaf über dem Rücken herumgelaufen ist.«

»Ein *Bild* eben«, sagte ich.

»Die Gefahr«, sagte Rohrdörfer, »daß der Glaube ins heidnische Similacrum abgleitet.«

»Das sagen *Sie*?«

»Aber predigen würde ich es nicht.«

Wir saßen bei diesem Gespräch in Helene Rombergs kleiner Wohnung. Adresse: Rondell 4. Sie hieß da schon wieder Romberg. Ihr Sohn studierte in Amerika. Das butzenbescheibte Pfarrhaus lag etwa fünfhundert Meter weiter stadteinwärts.

*

Die Feier anläßlich der Emeritierung von Professor Goblitz erlebte ich noch in meiner Zeit der ephemeren Zugehörigkeit zum Kreis der Musikologen. Der *Meister* glänzte durch eine Improvisation über ein von ihm erfundenes Zwölf-Ton-Thema:

D e s F i s c h e s G. (= G o b l i t z) F a s (s) – B a d

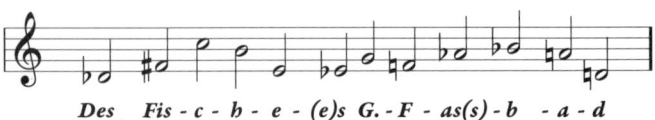

Des   Fis - c - h - e - (e)s G. - F - as(s) - b   - a - d

Zu der Erklärung, was ein »Faß-Bad« sei, ließ sich der *Meister* nicht herab. Es sei schwer genug gewesen, die Tonfolge zu erfinden. Sie zu interpretieren sei zuviel verlangt.

Der *Meister* improvisierte eine vierstimmige Fuge auf dem Cembalo über dieses mehr als sperrige Thema, das dann so lautete:

Es trat der seltene Fall ein, daß dem Professor Goblitz ein Lächeln entglitt.

Und alles andere über des *Meisters* mehr als erstaunliches Schicksal erfuhr ich erst Jahre später bei jenem Abendessen mit Carlone in Venedig in der *Madonna*.

Die Frage der Nachspeise trat an uns heran. Carlone überlegte allerdings, ob er sich nicht eine dritte *orata* »zulegen« solle. Er war der alte geblieben: Er konnte immer schon unbegrenzt essen. »Nicht aus Freßgier«, pflegte er zu sagen, »nicht eigentlich auch, weil es mir schmeckt, nein, ich habe die immerwährende Angst zu verhungern.«

Zu verdursten auch, nebenbei.

*

So erzählte Carlone, während er, allerdings langsamer werdend, die dritte *orata* verzehrte, vom *Meister* und wie es mit ihm weitergegangen war.

Dr. Dorpat hatte ihm in seinem Testament ein für des *Meisters* Maßen beträchtliches Legat hinterlassen. Es reichte nicht nur für eine neue Hose, sondern sogar für die Miete einer kleinen Zweizimmerwohnung. Sparsam ging er damit um, legte einen Teil des Geldes an und so fort. Auch das Manuskript des Sibelius-Buches und alle Unterlagen, die sich dazu angesammelt hatten, wurden – so im Testament bestimmt – dem *Meister* ausgefolgt mit dem Bemerken, daß es ihm freigestellt sei, das Werk zu vollenden und herauszugeben.

Das war leichter gesagt als getan.

*

Es wußten nur wenige, eigentlich außer den unmittelbar Beteiligten nur Carlone, der der engste, der vertrauteste Freund des *Meisters* war, dass sich der *Meister* endlich zu einer der vorgeschriebenen Zwischenprüfungen gemeldet hatte: in Altfranzösisch. Und er war durchgefallen. Es gibt solche Fälle gar nicht so selten. Während bei manchen die Anspannung bei Prüfungen sie zu Höchstleistungen bringt, zur Aktivierung aller Quellen, zu höheren Leistungen, als ihnen eigentlich gegeben (und dem Absacken danach), blendet die heiße Prüfungsangst beim anderen alles aus, sein gespeichertes Wissen ist plötzlich erloschen, er versagt. So beim *Meister*. Ohne Zweifel konnte in seinem Fall der Prüfer ihm an Wissen nicht das Wasser reichen, aber die Angst durchzufallen versperrte alles. Und so fiel er durch.

Er war zerschmettert. Carlone versuchte ihn zu trösten, es half nichts. Monatelang wagte der *Meister* nicht, nach Hause zu fahren, fürchtete die Frage der Mutter. Und nie mehr, nie, nie mehr stellte er sich einer Prüfung. Seine Doktorarbeit blieb unvollendet. Dafür schrieb er eine andere, von der noch zu reden sein wird.

Um ihn von den sinnlosen Grübeleien abzulenken, die fast schon zu Selbstmordüberlegungen führten, ermunterte ihn Carlone, sich weiter mit Dorpats hinterlassenem Werk zu beschäftigen, das ohnehin zum Teil inzwischen sein, des *Meisters*, Werk war, daß er vor allem versuchen solle, einen Verleger dafür zu finden.

Sie fuhren zusammen nach Frankfurt. Carlone hatte früher schon bei den in Frage kommenden Verlagen wie Schott oder Bärenreiter vorgefühlt, aber nur ein Abwinken eingefahren. Dr. Rosenfeld, der Hauptassistent, gab den Tip: Ein kleiner, aber feiner Verlag in Frankfurt beginne musikologischen Ehrgeiz zu entwickeln und habe, ein seltener Fall, offenbar zu viel Geld.

Der Verlag saß in einer Villa in einem der besten Stadtviertel. Leipisius hieß der Verleger, er empfing Carlone und den *Meister* in einem Raum, der eher ein Salon als ein Büro war. Leipisius war ein großer Mann mit noch größeren Ohren. Er war nicht dick, sondern fleischig, besonders seine Ohren. Sein Anzug war auf unaufdringliche Weise tadellos, für einen Lord aus dem Kriminalroman nicht zu schlecht.

Ja, sagte Leipisius, in der Tat sei er dabei, eine musikalische Sparte in seinem Verlag aufzubauen. »Aber es ist schwer, sehr schwer.«

»Fast alles ist schwer«, sagte Carlone, der mehr als der *Meister* das Gespräch führte.

»Eine Sibelius-Biographie? Hm, hm.«

Aber er werde sie prüfen. Nicht ein Lektor werde sie prüfen, er selbst. Wieviel Seiten? Über fünfhundert? Hm, hm. Noch nicht fertig? Und wie lange würde es noch dauern? Hm, hm. »Darf ich eine Erfrischung anbieten?«

Nach der Erfrischung entließ Herr Leipisius die beiden mit der Zusage, sich demnächst zu melden.

»Von dem hören wir nie wieder etwas«, sagte der *Meister* draußen, als sie auf die Trambahn zum Hauptbahnhof warteten.

»Das Gefühl habe ich auch«, sagte Carlone.

Aber sie irrten sich. Leipisius meldete sich schon recht bald – allerdings mit einer Absage. Ein höflicher Brief lag dem retournierten Manuskript bei. Man merkte an dem Brief, daß Leipisius es tatsächlich gelesen hatte, daß er vielleicht wirklich erwogen hatte, das Buch zu machen. Aber es sei leider so, stand in dem Brief, daß eben eine bedeutende Sibelius-Biographie in fünf Bänden zu erscheinen beginne, eine vorzügliche englische vorliege – leider –, und dann sei das mit Sibelius so eine Sache: Adorno, man wisse ja …

Zum Glück hatte um die Zeit der *Meister* seinen Durchfallsschrecken einigermaßen weggedrückt, so daß die neue Enttäuschung nicht so schwer wog.

Und es kam unerwartet kurz darauf noch ein Brief vom Verleger Leipisius. Der *Meister* zeigte ihn Carlone: »Was hältst du davon?«

Herr Leipisius schrieb, daß es zwar schwer sei, sehr schwer, neben den großen Enzyklopädien *Riemann* und *MGG* ein Lexikon der Musik herauszugeben, aber er wage es. Nicht so sehr wissenschaftlich, eher praxisbezogen – »fast möchte ich sagen: lesbar«. Und er forderte den *Meister* zur Mitarbeit auf.

»Nichts wie hin«, sagte Carlone.

*

Es vergingen einige Jahre. Carlone hatte promoviert, die Stellung eines Dramaturgen in einer anderen Stadt angenommen, verfolgte immer noch mit Herzenswärme das Schicksal des Fußballvereins Arminia Bielefeld (das hatte, was Schicksale nicht ungern haben: Launen), heiratete, zeugte zwei, wie sich später herausstellte, bestechend schöne Töchter, kam aber sehr oft, ja regelmäßig zurück, nicht zuletzt, um die freundschaftliche Beziehung zum *Meister* aufrechtzuerhalten. Der Vater, dem das Ganze letzten Endes nicht mehr verheimlicht werden konnte, überlebte den Schlag recht gut. Carlone hatte aber auch wohlweislich den günstigsten Zeitpunkt ausgewählt, um den alten Herrn mit den unerwünschten Gegebenheiten zu konfrontieren. Auch der alte Herr war Fan vom F.C. Arminia Bielefeld, sogar Sponsor, und Carlone hielt ihm die Doktorarbeit unter die Nase, als das den Klassenerhalt garantierende, erleichtert bejubelte Tor in der Fernsehübertragung fiel.

Der *Meister* seinerseits lebte von dem nicht üppigen, aber ausreichenden Zinsertrag des Dorpatschen Legats und von den Lexikonartikeln, die er für den Verlag von Leipisius schrieb.

Es ergaben sich ungefähr zur selben Zeit zwei Konstellationen, die sich als zwei entscheidende Weichenstellungen für des *Meisters* Lebensgleise erweisen sollten. Beide zunächst unauffällig.

Carlone nahm ihn eines Tages zur Wilden Bühne mit. Die Wilde Bühne war weder eine Bühne noch eigentlich wild, es war ein Kreis gesetzter Herrschaften, der sich dreimal im Jahr damit unterhielt, einander mit verteilten Rollen Theaterstücke vorzulesen. Also eine fiktive Bühne, und »wild« sollte auf einen gewissen Wildwuchs hindeuten, denn man schreckte nicht vor den anspruchsvollsten Perlen der dramatischen Weltliteratur zurück. Der Kreis gruppierte sich um ein Brüderpaar und die dazugehörigen Ehefrauen, und wenn eben von »gesetzt« die Rede war, so bedarf das einer gewissen Erklärung. Das intellektuelle Tellerbord der Brüder und der anderen Zugehörigen war in schwindelnder Höhe angedübelt. Ähnliches ist vom gesellschaftlichen Unterfutter des Kreises zu sagen: Das schauspielerische Haupttalent war Präsident einer schrittmachenden Institution nationaler Ebene, die weiteren Akteure Professoren oder sogar zeitweilig Minister. Imponierende Bandbreite des Wissens und der Interessen. Auffallend die Stimmstärke der beiden anführenden Brüder, beruhigend der stille Charme der dazugehörigen Damen. Es war nicht zu übersehen, daß die zeitweilige Ministergattin in ihrer sanften Art ihren die höheren Dinge besser als die Stolperschwellen des niederen Daseins überblickenden Gatten sanft zu leiten wußte. Ich selber habe sie auch noch gekannt: voll Klugheit und Witz – »Witz« in dem Sinn, wie Lessing dieses Wort gebrauchte, und so paßte es bei der älteren zu ihrer gepuderten Rokokoperücke, nur daß die »Perücke« bei ihr echt war, die schneeweißen Haare zum jung gebliebenen Gesicht.

Frau Lothary hieß sie, und der *Meister* legte ihr sogleich seine unschuldsvolle Verehrung zu Füßen. Eine nicht ganz so unschuldsvolle Verehrung – und das ist die zweite von den genannten Lebensgleis-Wechsel-Komponenten – legte er einer gewissen Frau (damals sagte man noch Fräulein) Emma Raimer zu Füßen. Emma Raimer … Carlone konnte sich, als es soweit war, nicht versagen – der *Meister* hieß ja Thomas mit Vornamen –, unter quasi enharmonischer Verwechslung des »der« vom Nominativ masculin zum Genitiv feminin, den Kalauer »Tom der Raimer« zu machen.

Die Raimer war ein Fremdkörper innerhalb des Kreises der Wilden Bühne. »Wie sie überhaupt dazugestoßen ist«, sagte Carlone in der *Madonna*, »weiß ich nicht. Vielleicht hat eine der Töchter des Ministers sie eingeschleppt. Ich weiß es nicht.«

Die Wilde Bühne las: *Hamlet*, *Der zerbrochene Krug*, *Die Physiker*, *Der Revisor*, *Der Vortrittsabmesser* (von Albert

Drach, dies zur Vorsicht beigefügt, weil es womöglich nicht jedem Leser gegenwärtig ist) und von der *Iphigenie* bis zum *Ödipus* »alles, was nicht niet- und nagelfest ist«, so Carlone in der *Madonna*.

Carlone, der eine schöne Stimme hat und sogar eine Zeitlang eine sängerische Ausbildung genossen hatte, war ein sehr stark begehrter Sprecher in jenem Kreis und bekam oft eine tragende Rolle. Beim *Meister* gab es gewisse Schwierigkeiten, obwohl auch er schön las, nur verursachte es ihm Krämpfe, wenn etwas gekürzt wurde, und es mußte manchmal etwas gekürzt werden, weil sonst das Abendessen zu lange hätte hinausgeschoben werden müssen. Dieses Abendessen war unabdingbarer Bestandteil der Lesungen und genau auf das Stück abgestimmt, für die Hausfrau nicht immer ganz einfach. (Es wurde umzechig gelesen, jeder im Kreis kam im Zyklus als Gastgeber dran.) Was serviert man, wenn *Die Wupper* von Else Lasker-Schüler gelesen wird? Schwierig. Wupper-Eintopf?

Die Raimer paßte, wie gesagt, nicht in den Kreis, war eher vorlaut, arg auf sich selbst bezogen. »Ich kann nichts Rotes essen«, befahl sie, »ich bin allergisch dagegen.« Zum Beispiel. Sie verschwand auch nach drei oder vier Lesungen aus dem Kreis, nicht aber aus des *Meisters* Leben.

Ganz im Gegenteil, kann man sagen.

»Der *Meister* und die Frauen«, seufzte Carlone in der *Madonna*, »das war auch so ein Kapitel. Ich würde mich nicht wundern, wenn er noch mit dreißig Jahren ›Jüngling‹ war.« Das hing selbstverständlich auch mit seinem Hang zur Perfektion zusammen. Zwar verliebte er sich oft, gab es meist nicht zu, konnte es aber nicht verbergen (die schöne Helene Romberg war es einmal, die Russin Njakleta danach), aber keine war vollkommen genug. Entweder hatte sie etwas zu dünne Beine oder sie war Wagnerianerin (für den *Meister* gab es, was Oper betraf, nur Rossini bis Verdi), oder sie war zu groß, oder sie war zu klein oder hatte – ein besonderer Tick des *Meisters* – zu große Füße.

Bei der Raimer stimmte alles. Stimmte alles? Kaum. Daß der *Meister* der Raimer buchstäblich verfiel, ist wohl nur damit zu erklären, daß bei ihm inzwischen der Paarungstrieb das Diversifizierungsvermögen lahmlegte. Dabei muß man zugeben – ich kannte sie auch, eher flüchtig allerdings –, daß die Raimer auch höheren Ansprüchen standhielt, was ihre körperleibliche Erscheinung betraf.

Nein, ganz verlassen hatte den *Meister* sein perfektionistisches Wesen nicht. Als er später Gelegenheit gehabt hatte, dies profund zu beurteilen, bemängelte er, daß sie, die Raimer, »einen etwas zu spärlichen Busen« aufwies. »Aber sonst«, fügte er hinzu, »besonders in gewisser Hinsicht ...« War aber dann Kavalier und schwieg.

Was aber fand Emma Raimer am *Meister*, dem linkischen, dürren, schwarzstrubbeligen Pedanten und Besserwisser? Diesem leicht wurzelzwergischen, rumpelstilzigen ewigen Doktoranden, dem man, wenn man ihn so sah, keinerlei Magnetismus für Frauen der gehobenen Begehrungsklasse zutraute? Faszinierte sie sein Geist? Sein Verstand? Sein Wissen? In gewisser Weise: ja. In *gewisser* Weise. Sie war vielfach umschwärmt, sonnte sich auch darin. Aber sie wandte sich ihm zu, dem *Meister*, der nun alles andere war als ein Meister der Verführungskunst. Die erste Annäherung ging denn auch von ihr aus. Für den *Meister* völlig neu. So neu, daß er willenlos ...

»... in die Netze dieser Spinne geriet«, sagte Carlone in der *Madonna*. Er war wie verwandelt. Er war nicht mehr er selber. Er war nicht mehr der *Meister*. Er war Tom *der* Raimer.

*

Es muß jetzt etwas klar auf den Tisch gelegt werden: War das schon kriminell? Ging es über das hinaus, was man einen Schwindel nennen kann?

Als Jurist muß ich sagen: ja.

Es erfüllte den Tatbestand des Betruges.

Meister, der Fälscher.

Daß er selber es als Betrug im strafrechtlichen Sinn betrachtet hätte, ist eher unwahrscheinlich. »Es schadet niemandem«, hätte er gedacht, wenn er darüber nachgedacht hätte.

Er schrieb zahllose Artikel für das Lexikon des Herrn Leipisius und dessen Verlag. Er schrieb Sachartikel zu: *Oper, Operette, Singspiel* oder *Kontrapunkt, Verwechslung, enharmonische* oder *Violine, Fagott* und so fort, aber auch Personenartikel: *Buxtehude, Dieterich* oder *Nico-*

lai, Otto oder *Thuille, Ludwig* – die großen Namen allerdings wurden an andere Mitarbeiter vergeben, an Koryphäen: *Beethoven, Mozart, Verdi*... Der Artikel zum Stichwort *Violine* war umfangreich. Das kann man sich vorstellen bei des *Meisters* Perfektionswut. Außerdem, das wird gleich noch eine Rolle spielen, wurde der *Meister* nach Zeilen bezahlt, nicht schlecht übrigens. Leipisius ließ sich bei diesem seinem Lieblingsprojekt nicht lumpen. Der *Meister* zerlegte (virtuell, versteht sich) im Artikel *Violine* dieses Instrument in alle Teile und Facetten und kam dabei auch auf die *Hardangerfiedel* zu sprechen, besser gesagt: zu schreiben. Es fiel ihm die seinerzeit vom Göttlichen Giselher auf dem Flohmarkt erworbene Hardangerfiedel ein, er ging hin, lieh sie sich aus und begann auf dieser norwegischen Seitenvariante der Geige herumzukratzen. Behauptete: Er spiele. »Nicht schön, aber richtig.«

»Nun ja«, sagte Carlone in der *Madonna*, »du hast ihn nie ›spielen‹ gehört?«

»Nein, leider.«

»Als er einmal in Gegenwart des Göttlichen Giselher fiedelte, erklärte dieser in vollem Ernst, er sehe dabei richtiggehend die Fjorde vor sich bei Sonnenuntergang oder auch Sonnenaufgang... nahm dann die Gelegenheit wahr, einen Vortrag über Fjorde zu halten, vom Geologischen bis zum ›Fliegenden Holländer‹.«

»Und war nie selber in Norwegen?«

»Du kannst fragen!«

Vielleicht hätte Herr Leipisius dem *Meister* den einen

oder anderen großen Namen geben sollen. Vielleicht wäre der *Meister* dann nicht auf diese Idee gekommen: Er erfand Komponisten.

Es ist schwer nachzuweisen, daß es etwas gibt, das angezweifelt wird. Es ist aber fast unmöglich nachzuweisen, daß es etwas, dessen Vorhandensein jemand behauptet, nicht gibt. Darauf baute der *Meister*.

Schadet es auch nur einem Menschen, wenn es, zum Beispiel, folgenden Komponisten nicht gibt:

Weischädl (Weihschädl, Weischädel), Johann Kaspar, geb. ca. 1654 in Zwickau, gest. 21. 7. 1703 in Ludwigsburg.

Organist und Komponist. Er stammte aus einer Organistenfamilie und ist erstmals nachweisbar ... etc. etc. 1694 wurde er von Herzog Eberhard Ludwig von Württemberg an dessen Hof gerufen, wo er auch als Violaspieler ...

Seine Werke, darunter eine Festmusik zur Taufe des Prinzen Friedrich Ludwig, sind verloren. Erhalten ist lediglich eine Toccata für Orgel in C-Dur ...

Literatur: P. F. Stälin, »Geschichte Württembergs...«

Fr. Baser, »Musikheimat Baden-Württemberg«, Freiburg 1963

G. G. Bächler, »Die Hofmusik in Ludwigsburg ...«

K. D. Gräwe, »Tausend Jahre Orgel in Baden und Württemberg ...«

...

D. Thoma, »Eine wiedergefundene Orgeltabulatur

von J. K. Weischädl (?)« in »Beitr. zur ...«

...

usw.

Oder:

Hupfauf, Ferdinand, geb. 22. 4. 1828 in Fischamend,
gest. 30. 1. 1871 in Wien. Sohn eines Drechslers. Er-
lernte zunächst dieses Handwerk, als seine große
musikalische Begabung ... durch Vermittlung des
Abtes von Heiligenkreuz Edmund Komáromy (1841–
1877) ... Schüler von Simon Sechter in Wien. Nach einigen Erfolgen mit u. a. einer Symphonie in Es-Dur
(1853) wandte er sich der Tanzkomposition zu ... neben Strauß und Lanner ein nicht unbedeutender ...
zahlreiche Walzer (u. a. »Grüße aus der Zephyrau«
op. 21), Polkas, Mazurkas (»Leberknöd'ln« op. 113)
usw. Gegen Ende der 1860er Jahre geriet er, nicht
ganz ohne eigene Schuld ...

Literatur:

Th. Seegar, »Kleinmeister des Walzers«, Wien 1959.
B. Breit, »Soziologie der Tanzveranstaltungen in Wien
unter besonderer Berücksichtigung ...«, Diss. Innsbruck 1950

D. D. Scholz, »Rossini und Wien«, Berlin 1963

E. H. Rieger, »Die Genese der ungeraden Taktarten
unter besonderer Berücksichtigung der abendländi-
schen ...«

»Selbstverständlich«, sagte Carlone in der *Madonna*, »konntest du dich hundertprozentig darauf verlassen, daß alles drum und dran stimmte: der Herzog von Württemberg und Simon Sechter und der Abt von Heiligenkreuz...«

Carlone entschied sich doch gegen eine weitere *orata* und geriet in tiefen Zwiespalt, welches Dessert er nehmen solle: die Cannoli di Sicilia oder einen Zuccoto, und entschied sich dann für beides.

»Wenn einer, was selten vorkam, irgendwelches Augenbrauenrunzeln über den Hupfauf zum Beispiel an den Tag legte, wurde der *Meister* fuchsteufelswild und rief: ›Dann schauen Sie eben nach. Es gibt die Liste der Äbte von Heiligenkreuz. Öffentlich zugänglich. Sie werden den Abt Komáromy finden. 1841 bis 1877.‹«

»So ähnlich«, sagte ich, »wie beim Wunder in der Kirche, wie heißt sie noch... Karl Borromäus, in der Nähe von Innsbruck. Die Barbaren haben die Autobahn dem mir im übrigen höchst sympathischen Heiligen knapp an die Zehen hin gebaut...«

»Was war das für ein Wunder?«

»Wie so häufig ein Hirte, er erzählte: Da schwebte ein Engel vom Himmel hernieder, setzte sich auf einen Stein, sagte, man solle hier dem Karl Borromäus eine Kirche bauen, und verschwand wieder nach oben. ›Und zum Beweis, wenn ihr mir nicht glaubt: Hier ist der Stein.‹ Er ist übrigens immer noch zu sehen in der Karl-Borromäus-Kirche. Der Stein.«

Einesteils hatte der ganze Schwindel für den *Meister*

durchaus eine sportliche Komponente, er hatte aber auch den ganz realen Hintergrund des erwähnten Zeilenhonorars.

Bei irgendwelchen Barockmeistern bestand keine Gefahr, ob da 677 oder 716 im Lexikon stehen, das fällt niemandem auf, auch bei Kleinmeistern ...

»Was für eine Arroganz«, sagte ich zu Carlone in der *Madonna*, »Kleinmeister! Man spürt förmlich, wie ihn die Musikwissenschaft da mit der linken Hand zur Seite wischt. Kleinmeister! Möchte so mancher so komponieren können wie die Kleinmeister.«

Auch bei den Kleinmeistern des 19. Jahrhunderts ist es ähnlich, aber der *Meister* hätte nicht nachgeben sollen, als ihn der Teufel ritt und er den Komponisten Thremo Tofandor erfand.

Musik-Enzyklopädie Leipisius
Band XVI Steingraeber – Victoria

Tofandor, Thremo (eig. Ralf Schlierenzer), geb. 1896 (?) in Bombay als Sohn eines deutschen Konsulatsbeamten und einer Parsenprinzessin, kam ca. 1900, weil sein Vater in die Heimat zurückversetzt wurde, nach Berlin. Früh zeigte sich seine musikalische Begabung. Schon als Gymnasiast schrieb er mehrere, zum Teil großformatige Werke, die er allerdings später verwarf. Er scheint sich zunächst rein autodidaktisch ausgebildet zu haben, bezog aber – nach Kriegsdienst 1914/18 – 1920 das Hochsche Konservatorium als Schüler von Arnold Mendelssohn (←) und Gernot Kiesebier (←)…

(Es gab in dem Lexikon zwar einen Artikel »Gernot Kiesebier [1855–1931]«, aber einen leibhaftigen, wenngleich 1931 verstorbenen Gernot Kiesebier hätte man an anderer Stelle vergeblich gesucht. Wer ihn wohl erfunden hat?)

…Aufsehen erregte seine Abschlußarbeit, ein Präludium mit Toccata für Klavier op. 13, dessen Vortrag – durch T. selber – eine Stunde und zwölf Minuten dauerte. Der Schwierigkeitsgrad des Stückes ist enorm. Kurz danach, etwa seit 1927, legte er seinen bürgerlichen Namen ab und nannte sich T. Es entstanden in dieser Zeit einige Chorwerke von eigenwilliger Besetzung, eine – nicht aufgeführte – Symphonie in sieben Sätzen: »Der Ursprung der Welt« sowie ein Quintett für Viola, Trompete, Glockenspiel, große Trommel und Orgel: »Der Untergang der Welt«. Auch dieses Werk wurde nie aufgeführt. Enttäuscht von den Mißverständnissen, denen sich T. ausgesetzt sah, zog er sich in den dreißiger Jahren in den italienisch gewordenen Teil Tirols zurück und veröffentlichte nichts mehr, verbot sogar die Aufführung seiner Werke, komponierte aber weiterhin.

Es folgte ein umfangreiches, kleingedrucktes Werkverzeichnis, in dem der *Meister* in aberwitzigsten Besetzungsangaben und Werktiteln schwelgte. »Es war klar, wenn man das las«, sagte Carlone in der *Madonna*, »daß der *Meister* hier nicht in erster Linie Zeilenhonorar provozierte, was er im übrigen damals schon gar nicht mehr nötig hatte, sondern daß die schiere Lust am Lügen im Spiel war. Das galt genauso für das ebenfalls kleingedruckte Literaturverzeichnis, das der *Meister* sorgfältig aus fiktiver und tatsächlich vorhandener Literatur zusammenstellte. Wer prüft schon nach, ob bei Ansermets ›Grundlagen der Musik im menschlichen Bewußtsein‹ ein Thremo Tofandor vorkommt oder nicht.«

Aber, wie gesagt, mit diesem Thremo Tofandor legte der *Meister* eine Schlinge, in der er sich selber verfing. Irgendein nichtexistierender Barockmeister fällt niemandem auf, aber daß früher oder später jemand über etwas so Exotisches wie einen Thremo Tofandor stolpern mußte, dessen Geburtsdatum wie bei einem ganz vorzeitigen Komponisten mit einem Fragezeichen versehen war, war vorprogrammiert. Warum hatte der *Meister* nicht auch das exakte Geburtsdatum erfunden? Auch so eine Spinnerei von ihm. Die Perfektion des Unperfekten.

Nicht nur der *Meister*, auch ich war damals von Carlone in den Kreis der Wilden Bühne gezogen worden. Die Verbindung dazu kam über Rotary zustande, denn einer der wilden Lothary-Brüder war Mitglied des Rotary Clubs, dessen zeitweiliger Präsident Monsignore Rohrdörfer war. Es war, wenn ich mich recht erinnere, der ältere der Brüder, und zwischen ihm und Rohrdörfer gab es sogar einen besonders hochrangigen Kontakt – obwohl beide Brüder evangelisch waren. Vielleicht hätte Rohrdörfer auch ihm einen Schluck aus der Birnenschnapsflasche anbieten sollen. Aber darum ging es dem guten Pfarrer gar nicht. »Es kommen alle in den Himmel«, pflegte er zu sagen, »fast alle.« Er konzedierte alles, selbst wenn man etwa zum Jupiter oder zum Manitu betete – nur dem Allah traute er nicht über den Weg. »Mit Recht«, sagte Carlone in der *Madonna*.

Die besondere Verbindung zwischen Rohrdörfer und dem älteren der Lothary- oder Wilden Brüder rührte daher, daß dieser sich in seiner Zeit als Minister – obwohl, wie gesagt, evangelisch – um eine katholische Hochschule Verdienste erworben hatte und deshalb vom Papst zum Komtur des Gregoriusordens ernannt oder, besser gesagt, damit begnadet wurde. Der von Gregor XVI. gestiftete Orden ist die höchste Auszeichnung, die der Papst einem Laien verleiht. (Sofern der nicht Staatsoberhaupt ist – das bekommt, sobald es den Vatican betritt, den ganz exklusiven Piusorden übergestülpt.) Ja, begnadet, denn es gibt nur ganz wenige Nichtkatholiken, die sich des Gregoriuskreuzes rühmen dürfen.

Lothary war geehrt und perplex und etwas verunsichert, aber Monsignore Rohrdörfer ließ seinen rotaryschen Freund nicht im Stich. Sie fuhren miteinander nach Rom. Rohrdörfer kannte sich aus, war selbstredend oft in Rom, zumal sein Duzfreund und Seminarkommilitone und zudem Jahrgangsgenosse »Sepp« (der Nachname wird hier bewußt unterschlagen) Curiencardinal geworden war.

Sie wohnten bei den Elisabethinerinnen in der Via dell' Olmata auf dem Esquilin, und seine Uniform ließ der neue Ordensritter bei Gamarelli anfertigen. Das heißt: Sie holten sie dort ab. Die Maße hatte Frau Lothary vorher und rechtzeitig nach Rom durchgegeben. Wie die Uniform auszusehen hat, *dunkelgrüner, vorn offener Frack mit reicher Silberstickerei, Kragen und Aufschläge von gleicher Farbe mit Silberstickerei, dunkelgrüne Hosen mit Silberstreifen, Zweispitz und Degen*, weiß niemand besser als Gamarelli, der päpstliche Hofschneider an der Via Santa Chiara, der auch dem Papst den weißen Zucchetto liefert.

Das Kostspieligste war der Degen oder: wäre gewesen. Augenzwinkernd versicherte der alte Gamarelli – bei so einem Kauf bediente der Seniorchef selbst –, daß er verstehe: Man brauche heutzutage nicht mehr oft einen Degen. Er lieh dem neuen Gregoriusritter ein Exemplar für die Dauer der Audienz. Selbstredend, keine Sorge – morgen eingewickelt zurück.

Nicht nur der Preis des Ganzen (selbst ohne Degen) beeindruckte Lothary – Rohrdörfer: »Kommen S', einmal im Leben, und ist es die Sache doch wert« –, sondern der ganze Gamarelli, alles hier: ein Mittelding aus Laden und Sakristei. Die Quittierung des Schecks erfolgte mit einer Geste, die bereits etwas leicht Segnendes hatte.

Lothary bedauerte später doch, den Degen nicht angeschafft zu haben. Die Uniform trug er nur noch einmal. Es war nämlich der Brauch bei der Wilden Bühne, daß die Lesung im Februar stets im Kostüm erfolgte, faschingsgerecht mit einem passenden Stück: Lothary als Gerichtsrat Walter im Gregoriusfrack in Kleists *Der zerbrochene Krug*.

Ein einziges Mal war auch ich mit von der lesenden Partie. Ein wichtiges Mitglied der Gesellschaft war ausgefallen. Ich sprang auf Carlones Empfehlung ein, übernahm eine Rolle in einem Stück, von dem ich mich nur noch an den Titel: *Trau, schau, wem*, nicht aber an den Namen des Verfassers erinnere. Bei der Gelegenheit lernte ich Emma Raimer kennen. Was heißt aber: lernte kennen. Ich sah sie zum ersten der wenigen Male.

*

Alles, was italienisch war, war gut. Emma Raimer fühlte sich als Italienerin, obwohl sie zur Hälfte Norwegerin (oder Finnin?) war, von der Mutter her, sprach fließend Italienisch angeblich. Sie meldete sich am Telephon mit: »Pronto!« Der *Meister* konnte zwar nicht eigentlich Italienisch, aber als perfektionistischer Beherrscher der Nachbarzunge in allen Spielarten bis hin zum Alt-Provençalischen verstand er genug, um sich darüber zu erregen, daß sie als Frau »pronto« sagte. »Pront*a*«, müsse sie sagen, grammatikalisch korrekt. Sie blieb aber bei »pronto« wie im übrigen seltsamerweise tatsächlich auch die echten Italienerinnen.

Ob sie wirklich fließend Italienisch sprach? Im schlichten Leben schwäbelte sie, wenn – zum Beispiel – Rotes auf eckigen Tellern serviert wurde – bis zur aufgeregten Unverständlichkeit.

»Ich war ja dabei, als Drittanhängsel an dem Paar, was sie damals dann schon waren, als sie nach Florenz zum Maggio Musicale fuhren. Ich wunderte mich, daß sie immer uns mit den Kellnern und so weiter hat reden lassen, mit wem man eben als Tourist in sprachliche Berührung kommt, und den *Meister* die Italiener über die korrekte Anwendung des Konjunktivs und des *passato* rimoto belehren ließ.« War es doch nicht so weit her mit ihrem Italienisch?

Sie bestellte nachmittags einen Cappuccino. »Damit outest du dich als Deutsche«, sagte damals Carlone, »es ist ein ungelöstes Rätsel, warum die Italiener Cappuccino nur vormittags trinken.«

Emma wurde rot. »Das weiß ich selbstverständlich«, pfiff sie spitz. Wußte sie es wirklich? Und es fiel Carlone überdeutlich auf, wie stark der *Meister* in den Sog Emmas geraten war. Er gab jeder ihrer Launen nach. Carlone, dem damals gerade das besonders große Glück widerfahren war, eine Steuerrückzahlung zu bekommen, lud die beiden ins *Natalino* ein. Emma quietschte auf, als der Fisch kam: »Ich kann nichts essen, was auf einem viereckigen Teller serviert wird.« Geduldig erklärte der *Meister* dem Kellner das Problem. Der nahm kopfschüttelnd den viereckigen Teller samt Fisch wieder mit, brachte ihn auf einem runden.

Und der Teppichboden im Hotel. Emma quietschte: »In Italien gibt es doch keine Teppichböden. Da gibt es doch nur Marmorböden!«

»Na ja, schon«, versuchte der *Meister* sie zu beruhigen, »meistens, aber hier …«

»Ich bin allergisch gegen Teppichböden.«

Ein anderes Hotel wurde gesucht. Der *Meister* ließ sich zur Vorsicht das Zimmer zeigen: zwar kein Marmorfußboden, aber Parkett.

»Geht Parkett?« seufzte der *Meister*.

»Du brauchst dich nicht aufzuregen. Ich bin eben allergisch. Ich kann auch nichts dafür.«

Carlone hatte das Quartier bestellt. »Ich habe mir selbstverständlich gedacht, daß der *Meister* bei ihr und, nun ja, auch vielleicht mit ihr schläft. Also ein Doppel- und ein Einzelzimmer. Abgesehen von dem Drama mit dem Teppichboden und nachdem endlich das teppichbodenfreie Hotel gefunden wurde, das Geschrei: Nein, nein, sie könne nur ausschließlich und unbedingt bei absoluter Dunkelheit schlafen und wenn alle Fenster geschlossen sind. Im Mai kann es ganz schön heiß sein in Florenz, wie dumpf da die Luft in einem engen Hotelzimmer wird – also ich sage dir«, sagte Carlone in der *Madonna*, »ich hätte die Zicke am liebsten an die Wand geklatscht.«

»Es lief darauf hinaus«, fuhr Carlone fort, »daß sie das Einzelzimmer bezog – der *Meister* durfte sie nach dem Abendessen besuchen – und der *Meister* und ich das Doppel. Stark verwöhnt waren wir ja nicht, hatten oft genug in finanzmüderen Zeiten in Jugendherbergen übernachtet. Es ging schon, und keiner von uns schnarchte oder hatte Verdauungsprobleme. Damals. Noch nicht. Der *Meister* nahm alles hin, war gehorsam wie ein Lamm.«

Und die Bettwäsche! Sie könne nur in ihrer eigenen, absolut antiirgendwas Bettwäsche schlafen, hatte eine große Tasche mit Kopfkissen, Leintuch und allem möglichen dabei. Und eine Tasche mit Medikamenten. Vierundzwanzig Jahre alt... »Sag einmal«, hatte Carlone damals zum *Meister* gesagt, »welche Marotten entwickelt sie, wenn sie fünfzig ist?«

»Aber ...«, hatte der *Meister* gesagt.

Carlone hatte verstanden. Ein erotischer Vulkan ...

»Ja, nun ...«

*

Ja, und das war eine ganz andere Geschichte! Da gründete wieder einmal einer eine Zeitschrift. Es wurden andauernd Zeitschriften gegründet, damals. Es war, scheint's, viel Geld für solchen Unsinn vorhanden. Eine Zeitschrift. Sie hieß *A.* Schlicht: *A.* Wofür »*A*« stand, wußte niemand. Aber Geld war da. Irgendein Millionär wollte wohl, statt Steuern zu zahlen, investieren. Eine Villa in der besten Gegend wurde für die Redaktion angemietet, ein Auto der Luxusklasse als Dienstwagen gekauft. Ich war zwar bei jener Expedition nach Oppenhusten nicht dabei, aber durch Carlones Vermittlung geriet auch ich in den Dunstkreis der Redaktion *A*, der und die sich, wie nicht anders zu erwarten, nach zwei Jahren in Luft auflösten. Zehn oder zwölf Redakteure scharten sich um einen Chefredakteur, der eine – allerdings sympathische – Nummer für sich war. Er hieß Frank Nickol, und wenn ich einen Film über einen lachenden Vampir drehen müßte, würde ich die Hauptrolle mit Frank Nickol besetzen.

Er erzählte mir bei einer der vielen Partys, die die Redaktion mangels anderer Tätigkeiten und aufgrund des üppigen Etats gab, wie er zu seinem »Job« als Chefredakteur dieser dubiosen Zeitschrift gekommen war. Es hatte sich bei der in Aussicht gestellten Dotation des Postens eine große Anzahl von Kandidaten dafür gemeldet, und Nickol war sich im Klaren über die scharfe Konkurrenz. Er komponierte seine Vorstellungsrede bis ins Kleinste: »In jedem dritten Satz baute ich die Vokabel *dynamisch* ein. In nicht zu großen Abständen schleuderte ich *kreativ* in den Raum. Um *zeitgemäß* – auch dieses Wort streute ich in angemessener Weise über den Redeteig – zu erscheinen, verwendete ich in geeigneten Dosen *cool, tough, trendy* und ähnliches, und um Bildung darzulegen, warf ich dem Menschen, der mir gegenübersaß, einige Fremdwörter an den Kopf: *enigmatisch, Oxymoron*, und als ich mich zu *latrentisch* verstieg, hatte ich, so merkte ich, gewonnen.« (Was ist *latrentisch*? Das weiß niemand, am wenigsten wußte es Frank Nickol.)

Es wurden so viele Redakteure, Assistenten, Sekretärinnen eingestellt, daß für Herrn Chefredakteur Nickol kaum etwas zu tun übrig blieb, außer die anderen machen zu lassen, was sie wollten. Ich traf ihn einmal an, als er grade zum Zeitvertreib – »und einer muß es ja machen« – das dürre Laub im Park, der die Villa umgab, mit einem Rechen zusammenkehrte. Bei der Gelegenheit erzählte er mir den Einfall, mit dem er an jenem Morgen beglückt worden war ... er war schon ein erfrischend unernster Mensch: Er ließ vorn an der Mauer am Tor zum Park einen Schaukasten anbringen, in dem er täglich ein Bulletin über sein Befinden anschlagen ließ: Blutdruck, Puls, Stuhlgang, Körpertemperatur, allgemeine körperliche Verfassung, allgemeine geistige Verfassung, Besonderheiten (dies nur gegebenenfalls) und ein aktuelles Photo. Später mietete er – das heißt die Redaktion – einen ähnlichen Schaukasten am Hauptbahnhof ...

Die Zahl der freien Mitarbeiter war, wie sich denken läßt, unendlich – nein, natürlich nicht unendlich, aber unüberschaubar groß. Irgendwer, vielleicht Nickol selber, war auf Carlone gestoßen und hatte ihn zu den freien Mitarbeitern hinzugezogen: für die Theaterkritik. Carlone zog dann den *Meister* nach und dann mich. Auch Emma Raimer gehörte bald dazu, schrieb aber nichts, kassierte nur Aufwandsentschädigungen. Die Beiträge, die der *Meister* lieferte, »Troubadoure, Trouvères und Minnesänger«, wurden zwar meist bezahlt und gesetzt, der Satz aber dann beiseite gelegt »für eine spätere Ausgabe«, die nie erschien.

Der Anspruch der *A* war großartig weitgespannt: Kulturmagazin im weitesten Sinn. Das heißt, es polterten Beiträge wie Kraut und Rüben herein, von Berichten über Autorennen bis zu Bildern nackter Schöner und Nachrichten aus der astronomischen Forschung, Gesundheits- und Schönheitsratschläge und zum Beispiel: eine sensible Würdigung zu Novalis' 200. Geburtstag. So etwas kann nicht gut gehen. Ging auch nicht. Zwei Jahre, glaube ich, dann wurde der Unfug liquidiert.

Länger als solche Zeit verpulvern selbst unbedarfte Geldgeber ihre Penunze nicht. Es war übrigens eine, glaube ich mich zu erinnern, Halbmonatszeitschrift.

Große Sorgfalt allerdings wurde auf drei Spalten verwendet, und da beteiligte sich auch der Chefredakteur: auf die Leserbriefe, die samt und sonders getürkt waren, auf die haarsträubende Ratgeberseite und auf das Horoskop. Für die Ratgeberseite hatte Nickol einen pensionierten Hochseekapitän erfunden, der angebliche Anfragen mit seebärischen Ausdrücken gespickt beantwortete: »Da sollten Se mal Ihre Lebenssejel reffen ...« Ähnlich schamlos wurde die Horoskopseite zusammengebraut. »Und es gibt Leser und vor allem Leserinnen«, lachte Nickol schenkelklopfend, »die sich nach diesem Schwachsinn richten.«

»Und ein schlechtes Gewissen haben Sie dabei nicht?«

»Ich habe vor diesem Job hier in gezählten siebzehn Redaktionen gearbeitet. Sie machen's überall so.«

»Die Sterne lügen nicht.«

*

Die Expedition oder besser Exkursion, von der oben die Rede war, ging nach Oppenhusten.

»Weiß jemand, wo Oppenhusten liegt?« fragte der Chef bei der Redaktionskonferenz. Carlone war, obwohl nur freier Mitarbeiter, oft dabei, ich seltener. (Ganz sicher bin ich mir nicht, aber es könnte gewesen sein, daß eine Redakteurin mit Namen Anne Z. dabei für Carlone eine Rolle gespielt hat.)

Niemand wußte, wo Oppenhusten liegt. Ein Atlas wurde herbeigeholt. Aha: Oppenhusten liegt im Münsterland.

»Was ist mit Oppenhusten?«

»Da ist eine Pressemitteilung vom regionalen Fremdenverkehrsverein. Eine Corrida.«

»Wie bitte?«

»Corrida. Stierkampf.«

»In Oppenhusten?«

»In Oppenhusten.«

*

Trotz Hemingway, trotz Picasso, trotz García Lorca: Ich bin ein Gegner der Stierkämpfe. Außer im Film oder Fernsehen habe ich nie einen Stierkampf gesehen, und auch da habe ich schnell weggeschaut. »Geometrie des Todes« hin oder her, ich halte den Stierkampf für eine Barbarei, ich halte es mit dem Stier, obwohl das, wie ich weiß, aussichtslos ist, und ich freue mich immer, wenn ich dann lese, daß ein Stier einen Torero aufgespießt hat.

In Oppenhusten?!

»Wer fährt hin?« Der Chefredakteur schaute in die Runde.

»Das kann nur eine Albernheit sein«, sagte Carlone mit seiner sonoren, gemütsruhigen Stimme.

»Um so besser«, sagte der Chefredakteur, »also fahren Sie?«

Carlone dachte einen Moment nach, einen Moment zu lang, denn der Chef, der dynamische, kreative Frank Nickol, bellte schon zur Sekretärin hinüber: »*Er* fährt. Suchen Sie den Flug nach Köln oder Düsseldorf, mieten Sie dort einen Wagen…«

Wie gesagt, das Geld wurde mit beiden Händen zum Fenster hinausgeworfen.

»Ich bin eigentlich für's Theater zuständig«, wandte Carlone ein. Vergeblich.

»Ist Stierkampf nicht auch Theater?«

Aber Carlone hatte keinen Führerschein. Er stand wohl auf dem eleganten Standpunkt, daß der Gentleman weder ein Lenkrad noch ein Telephon anfasse, siehe: Hofmannsthal, *Der Schwierige*. Das ist Sache der Domestiken. Also, das Telephon bediente Carlone schon eigenhändig, doch, doch. Aber beim Auto weigerte er sich lebenslang, geriet ja dann auch nach dem Tod seines Vaters in finanzielle Verhältnisse, die ihm erlaubten, Taxi zu fahren.

Aber seltsamerweise hatte der *Meister* einen Führerschein noch aus der Dr.-Dorpat-Zeit.

»Sie haben keinen?« Der Chef stutzte.

»Nein. Aber wenn Wibesser mitfahren kann?«

»Dann kommt Wibesser mit«, tönte Frank Nickol, »also zwei Flüge.«

»Drei«, sagte Carlone, »Wibesser ohne Fräulein Raimer …?«

»Drei Flüge also«, sagte Nickol. Geld spielte ja keine Rolle.

Ich weiß das alles nur aus Carlones Erzählungen, der aber so plastisch und farbig zu erzählen weiß, mit einer so butterglatten Schönstimme, förmlich auf ein Panorama freskiert, daß ich mir oft nicht sicher bin, ob ich das Ganze nicht doch selber erlebt habe.

Emma schrie auf. Sie könne nicht fliegen. Warum, wieso? Wegen der Teppichböden im Flugzeug? »Ja, auch.« Aber *eine* Stunde? Eine Stunde Teppichboden habe sie doch auch auf der Party bei Guggemots ausgehalten. »Nein, ein für allemal, fliegen geht nicht.« Sie habe, rückte sie dann heraus, im Alter von sechzehn Jahren eine Operation erleiden müssen, infolge deren der Nasengeflecht-Druckausgleich bei ihr nicht mehr funktioniere. Aber, strich sie alles beiseite, sie wolle nicht darüber reden. Kurzum …

Eine Ausrede? Litt sie nur unter Flugangst? »Eine eingebildete Krankheit ist auch eine Krankheit. Vielleicht deswegen sogar schlimmer, weil sie nicht geheilt werden kann.« Das ungefähr war die Quintessenz eines jener großartigen Vorträge des Göttlichen Giselher, als er einmal seine Göttlichkeit auf dem Gebiet der Psychosomatik ausbreitete und hier vermutlich einmal recht hatte.

Also fuhren die drei die ganze lange Strecke mit dem Auto, und damit die Spesen – durch die ersparten

Flüge – ja nicht zu niedrig ausfielen, machten sie es mit einer luxuriösen Unterbrechung in einem zum Glück teppichbodenfreien Fünfsternehotel und kamen so also nach zwei Tagen in Oppenhusten an.

Es gab ein Schloß in der Nähe von Oppenhusten. Dort residierte ein Fürst. Der hieß nicht Fürst von Oppenhusten, aber so ähnlich. Ihm gehörte alles Land weitum, aber das schien, möglicherweise infolge der unseligen Aufhebung der Leibeigenschaft und überhaupt ungünstiger Zeitläufte, nicht mehr zur Bestreitung standesgemäßen Lebens auszureichen. Wie Carlone aus einer in der – jawohl, das gab es – Pressestelle der Veranstaltung aufliegenden Broschüre erfuhr, bemühte sich der Fürst um Erschließung neuer Einnahmequellen, nicht zuletzt, wurde betont, zugunsten der Bevölkerung in diesem vom Wohlstand nicht verwöhnten Landstrich. Insbesondere bemühe man sich, Fremdenverkehr hierherzuziehen. Eine internationale Schau von Stallhasenzüchtern habe schon stattgefunden. Man hoffe auf breitere Aufmerksamkeit im nächsten Jahr. Ein Windhundrennen. Ein Akkordeonfestival. Und eben jetzt eine Corrida.

Hier Carlones Schilderung:

Ein früher wohl als Pferderennplatz gebrauchtes Oval war auf der einen Längsseite mit einer Tribüne versehen, etwa acht Sitzreihen übereinander, vorn in der Mitte eine Art Ehrenloge für den Fürsten und seine Familie – der die Veranstaltung allerdings schon sehr bald verließ. Mit Recht, wie sich zeigte. An einer der Schmalseiten des Ovals waren Bretterverschläge mit Türen aufgeführt, um die herum einige Gestalten werkelten. Darüber eine großdimensionierte Lautsprecheranlage.

Ein Signal. Im nicht sehr zahlreich erschienenen Publikum gab es ein Raunen der Erwartung zu hören. Wir, der *Meister*, seine Emma und ich, saßen in der obersten Reihe und raunten nicht. Die Plätze hatte uns die Dame in der Pressestelle angewiesen. Wir waren die einzigen, die von dieser Einrichtung Gebrauch machten, soweit ich gesehen habe.

Dann ertönte aus der Lautsprecheranlage – was wohl? Richtig: der Toreromarsch aus *Carmen*.

Eines der Barackentore an der Schmalseite flog auf, und ein Torero mit besticktem Jäckchen, knallengen Hosen, weißen Strümpfen, der bestickten Mütze mit Ohren und so fort kam heraus, begleitet von ein paar nicht so kostbar gekleideten Stierkampfhelfern. Der Torero blickte sieghaft, hob beide Hände und spreizte Zeige- und Mittelfinger zum Victoria-Gruß, spazierte mit Gefolge einmal um das Oval herum und blieb dann vor der Fürstenloge stehen, um seine Reverenz zu erweisen. Der Toreromarsch war, dies zu ergänzen, mit der Schallkulisse frenetischen Beifalls von, schätze ich, zehntausend Menschen unterlegt. Die real existierenden Zuschauer auf der Tribüne klatschten nur verhalten.

Schon zischte der *Meister* Verwünschungen. So was sei kein Stierkampf. Auch wenn er etwas an sich verabscheute – noch verabscheuenswürdiger war ihm eine solche offensichtliche Imperfektion. Da fehlte es dem *Meister* an jeglichem Humor.

Ein Ansager quasselte aus dem Lautsprecher, begrüßte unter anderem uns mit malerischem spanischen (?) Akzent: »Meine Damen chund Cherren von der Presse.« Ein Photograph in sommerlich kurzen großkarierten Hosen war auch da, der mit gutem Willen neben uns noch zur Presse gezählt werden konnte. Der Photograph, ein länglicher Lümmel, der wohl jünger aussah, als er war, spielte dann bei unserem Abenteuer noch eine nicht unbedeutende Nebenrolle.

Der Ansager kündigte nun den ersten Kampf an. Er radebrechte, daß bedauerlicherweise aufgrund der deutschen Tierschutzbestimmungen der Stierkampf hier »leicht modifiziert« werden müsse.

»Leicht modifiziert« war gut gesagt. Es waren keine Stiere, die da aus der Baracke hervorbrachen, als die Tore aufgerissen wurden, es waren Kühe.

Allerdings apostrophierte sie der Ansager als »Kampftiere«, und da er als Spanier die deutschen Artikel verwechselte – unabsichtlich? –, sagte er nicht »das«, sondern »der Kampftier« …

Der *Meister* begann Krämpfe zu bekommen:

> »Schon wird er unwirsch,
> zackicht reckt
> er den Ellenbogen;
> seine Stimme versauert sich,
> sein Auge blickt Grünspan.«

Hat Nietzsche (Fragmente 1888, 20/54) den *Meister* vorausgeahnt?

Ja, »der Kampftier« brach aus der Baracke hervor und raste schnurstracks über das Feld, soweit ihm der Strick das gestattete. Ich nehme an, daß die Kampfkühe erstens so abgerichtet waren und womöglich hinter dem Tor kurz vor dem Öffnen gezwickt oder sonstwie geärgert worden waren, damit sie lospesten. Aber eben nur, so weit dies der Strick gestattete. Denn sie waren am Hals an einem dicken Strick angehängt, der weit hinten im Inneren der Baracke befestigt war. So rannte also »der Kampftier« dem mutigen Torero nach, bis sich der Strick spannte, die Kuh durch die Wucht des Rennens kurz mit dem Vorderteil in die Höhe gerissen wurde und schrecklich brüllte. Sofort schaltete der Ansager den Toreromarsch und das Beifallsgedröhn wieder ein.

»Ich halte das nicht mehr lang aus«, fauchte der *Meister*.

Ja, was wohl ein echter Torero zu so einem Zinnober gesagt hätte?

Der Pseudotorero da unten zeigte nun seine Künste: Er sprang über die Kuh, schwang sich auf ihren Rücken, schlüpfte unter ihr durch, fuchtelte mit dem Degen. Die Helfer hinten zogen dann nach einiger Zeit die Kuh am Strick wieder in die Baracke zurück, worauf der Torero seine Mütze in die Luft warf.

Corrida in Oppenhusten.

Der Beitrag, den Carlone dann für *A* verfaßte, gehörte

zu den amüsantesten, die jemals in dem Blatt erschienen sind, veranlasste allerdings ein geharnischtes Protestschreiben des Fremdenverkehrsverbandes Oppenhusten u. Umg. e.V. nebst Klageandrohung, das aber die Redaktion erst nach der Einstellung des Blattes erreichte.

Carlone weiter: Der *Meister* habe nach dem dritten der acht »Kampftiere« die Flucht ergriffen. Er warte, sagte er, im Alten Stadtkrug, den wir auf der Fahrt hierher gesehen hatten und der einen anheimelnd fachwerklichen Eindruck machte.

Und kaum daß der *Meister* außer Sichtweite war, wedelte der Photograph in der karierten Schlotterhose herbei und bot Emma an, bei ihm für »künstlerische Photographien« Modell zu stehen… Er machte gleich ein paar unkünstlerische Aufnahmen von ihr, Schnappschüsse: »Als Erinnerung an den Tag.« Er werde die Photos gleich in seinem Atelier entwickeln und sich erlauben, die Abzüge ins Hotel zu bringen. »Wo steigen Sie ab?« So erfuhr er ganz nebenbei ihre Adresse.

Was war sie für ein Mensch? Ein Luder? Eine notorische Lügnerin? Eine Nymphomanin, die sich der Männer bediente? Sicher *bediente* sie sich der Männer auch im außergeschlechtlichen Bereich. Selbst Carlone schleppte für sie Kisten und Schachteln, und erst der *Meister*, obwohl er kein Kraftheroe war. Sie selber konnte nichts tragen, allenfalls die Tasche mit dem Spezialbettzeug. Ein Bandscheibenvorfall vor einigen Jahren. Nein, nicht operiert, medikamentös behandelt.

Kann man einen Bandscheibenvorfall medikamentös behandeln? Nie einen Dank. Dem Dank verschlossen sich ihre Lippen. Einmal schleppten der *Meister* und ich mehrere Kisten des gewissen Sprudelwassers, das allein sie vertrug, in ihre Wohnung. Den Rücken uns halb zuwendend, flatterte sie mit der Hand und quälte ein kaum hörbares »Danke« hervor.

Was war sie für ein Mensch?

»Was ist aus ihr geworden?« fragte ich Carlone in der *Madonna*.

»Keine Ahnung. Vielleicht hat sie sich den Tod eingebildet und ist daran wirklich gestorben.«

*

Wieder Carlones Erzählung:

Nach den Erfahrungen vom Maggio Musicale waren gleich drei Einzelzimmer für die Übernachtungen in der dem hotellosen Oppenhusten nächsten größeren Stadt (war es Münster? Ich weiß es nicht mehr. Osnabrück?) bestellt worden. Selbstverständlich hatte die Raimer – »Ich benutze lieber diese abschätzige Formulierung«, sagte Carlone in der *Madonna* –, hatte die Raimer ihr Spezialbettzeug mitgeschleppt, das heißt, der *Meister* und ich schleppten, ich, um das ausdrücklich zu sagen, dem *Meister* zuliebe, nicht der Raimer zuliebe, denn ich wollte nicht, daß der *Meister* alles schleppte, was er aus Verblendung getan hätte.

Aus Verblendung, ja, anders ist es nicht zu sagen. Dabei war er da längst über das Jünglingsalter hinausgewachsen, war knapp über vierzig Jahre alt. Er ertrug alle ihre Launen und Marotten und eingebildeten Leiden. Es gab etwas zwischen uns, das wir »aufrichtige Ausbrüche« nannten. Bei Gelegenheit eines solchen fragte ich ihn, wieweit ein Mensch so etwas erträgt? Ohne erotische Einzelheiten zu nennen, erglühte der *Meister* in ein Lob der Zärtlichkeit, der Anschmiegsamkeit, der Phantasie in Liebesdingen, der Hingabe, ja der vollkommenen Verschmelzung, die Emma in den, wie man so sagt, gewissen Stunden bot.

Es gab und gibt Männer, so scheint es, die diesen Preis bezahlen. Es hatte schon mehrere gegeben in Emmas Biographie. Sie hielt nicht hinterm Berg damit. Aber bei jedem, so scheint es, ist das Faß der Unterwürfigkeit irgendwann zum Überlaufen gekommen. Der eine oder andere hatte ihr dann den wohlverdienten Tritt gegeben. Im übertragenen Sinn, klar. Oder womöglich…? Darf man sagen: Auch das hätte ihr nicht geschadet?

Mich ging es ja nichts an, dennoch war ich ein paar Mal nahe daran, dieses ungezogene Kind mit einigen deutlich-harten Sätzen zurechtzurütteln. Hätte ich es doch getan…

Also drei Zimmer. Die Raimer »besuchte« den *Meister*, nachdem wir nach dem Abendessen auf unsere Zimmer gegangen waren. Der »Besuch« dauerte nicht lange. Ein »Besuch« des *Meisters* in Emmas Zimmer war ausgeschlossen. Die Spezialbettwäsche durfte nicht durch Fremdausdünstung befleckt werden. Übrigens auch in ihrer Wohnung nicht, und auch nicht, als der

Meister und Emma verheiratet waren. Wie das denn damals in Florenz war, fragte ich den *Meister*, »da durftest du in ihr Zimmer. In *ihre* Bettwäsche?« – Der *Meister* (düster): »Am Boden.«

Ich weiß nicht, warum der *Meister* dann, es war Mitternacht vorüber, noch einmal an Emmas Tür klopfte. Sie rührte sich nicht. Er läutete über das Haustelephon. Sie hob nicht ab. Der *Meister* war verzweifelt, bebte vor Eifersucht, wagte aber nicht, Lärm zu machen. Litt nur.

Sie habe nichts gehört, sagte sie am nächsten Tag beim Frühstück. Sie habe halt tief geschlafen.

»Der Photograph ist nicht gekommen?« fragte ich, »er wollte doch die Bilder bringen?«

»Nein.«

Auch bei der Rückfahrt eine Zwischenübernachtung, *A* zahlt ja alles. Und dort in dem Hotel rutschten die Bilder, die der Photograph in der Schlotterhose gemacht hatte, aus Emmas Handtasche. Sie sah nicht, daß wir es sahen.

Sagte der *Meister* etwas? Er sagte nichts. Ich sagte beinah etwas, sagte aber dann leider auch nichts.

*

»Die Ehe der schönen Helene hat nicht lang gedauert?«

»Fünf Jahre, vielleicht acht«, sagte Carlone in der *Madonna*.

»Und dann ist sie in die kleine Wohnung am Rondell gezogen, fünfhundert Meter vom Butzenscheibenpfarrhaus entfernt?«

»Nicht direkt.«

»Ich war ein paarmal dort«, sagte ich, »ich gehörte ja bald zu dem Kreis, der nicht nur zu den Nachmeßfeiern mit Champagner eingeladen wurde, sondern auch zu den Abendessen zu dritt in Helene Rombergs Wohnung. Aber ich habe nie gefragt.«

»Einige Dinge waren ja klar.«

»Aber wie ging die Ehe auseinander? Hat er – oder hat sie?«

Carlone erzählte.

Sigurd Winters Ehrgeiz ging über die engere Welt seines Ministeriums hinaus. So die eine Darstellung. Andere kolportierten, Winter habe irgendeinen dienstlichen Bock geschossen oder sich durch unvorsichtiges Aufdecken irgendeiner Politikerschweinerei mißliebig gemacht und wurde nach Brüssel abgeschoben, »hinaufbefördert«. Er verdiente sich mit den Auslandszuschlägen und dergleichen die goldene Nase, an der die EU-ler erkennbar sind. Helene ging nicht mit nach Brüssel. Daß dem Sohn der Schulwechsel nicht zugemutet werden solle, daß sie selber überlegte (nur überlegte!), wieder in den Schuldienst zu gehen, daß sie wieder zu ihrem alten Professor ging und sich mit dem Gedanken trug zu promovieren, wirkte alles nicht als Grund, sondern als Ausrede. So lebte Winter ein teiljunggeselliges Leben in Brüssel, blieb dort, bis ihn nach dem Genuß von mehreren Trappisten/Sechs ein Genickbruch ereilte, weil das Klo in dem Nobelhotel im Souterrain lag und der Handlauf neben der Stiege offenbar schwer zu finden war.

»Trappisten/Sechs?«

»Das berühmte belgische Bier. Das berühmteste ist das Trappisten-Bier. Ich weiß nicht, ob es tatsächlich noch von Trappisten gebraut wird, wohl früher einmal, heißt aber jetzt immer noch so. Sechs Stufen. Stufe eins ist noch relativ dem uns geläufigen Bier ähnlich. Dann steigt die Stärke. Stufe sechs kannst du mit dem Glas verkehrt herum halten, und es rinnt nicht heraus.«

»Und dem sprach Winter zu?«

»So ist es. Und verblich. Der Erfinder des *Sitzbezugspunktes*.«

»*Sitzbezugspunkt?* Einen Moment. Da war Helene dann also Witwe? Oder wie?«

»Da war die Ehe längst geschieden. Winter hinterließ eine andere Art von Witwe, eine gewisse Blandine Sellebien …«

»Was du alles weißt!«

»Man hat seine Informanten. Diese *soi-disant*-Witwe versuchte zwar, ein Schmerzensgeld, oder wie man dazu sagt, von jenem Trappisten-Restaurant zu bekommen, der Handlauf sei ungenügend, die Stiege also schlecht gesichert gewesen, ein Fall von Verkehrssicherungspflichtverletzung. Eine interessante Frage, meinte das Gericht, wies aber die Klage aus dem ganz einfachen Grund ab, weil Madame – oder Mademoiselle – Sellebien nicht mit Winter verheiratet gewesen war.«

»Und *Sitzbezugspunkt?*«

Carlone lachte, erzählte weiter.

Die EU-Beamten vertreiben sich die Zeit mit der Erfindung von Richtlinien, zum Beispiel, das ist berühmt, wie krumm eine Salatgurke sein darf. Wie viele Blätter eine Rose am Stengel haben darf. Wie lang der Nagel an einem Reißnagel sein muß. Sonst entspricht die eventuell eigensinnig zu krumme Gurke, die zu blätterreiche Rose, der zu nagelkurze oder -lange Reißnagel nicht dem europäischen Standard. Er beziehungsweise sie darf zwar gegessen, berochen, eingedrückt werden, aber sozusagen mit schlechtem europäischen Gewissen. Und es gibt EU-Richtlinien, von denen man nur träumen kann:

– Die Warmwasserheizkessel-Richtlinie.

– Nichtselbsttätige-Waagen-Richtlinie.

Seltsamerweise sind die selbsttätigen Waagen nicht richtliniert – was ist das? Wiegen die, ohne daß man was wiegen will? Zerren die einen im Bad auf die Waage, auch wenn man gar nicht wissen will, wieviel man sich wieder angefressen hat? Oder gibt es sie gar nicht, die *selbsttätigen*? Warum dann regelt die EU im Schweiße ihres Angesichts die *nichtselbsttätigen*?

– Gefahrenstoffkennzeichnungs-Richtlinie.

Damit ist nicht etwa der Umgang mit Gefahrenstoffen gemeint – zu denen, siehe das Geschick Dr. Sigurd Winters, auch das Trappistenbier zumindest von Stufe vier an gehören muß –, sondern nur die *Kennzeichnung* dieser. Daß das Ausrufezeichen hinter »Achtung!« nicht zu kurz ist. Oder zu lang. O Europa!

– Fernabsatz-Richtlinie.

Ganz rätselhaft – regelt das, wie weit man mit abgetretenen Absätzen noch gehen darf? Oder aus welcher Entfernung man Stilettoabsätze von Damen noch erkennen können muß? Um sich gegebenenfalls gegen Anfechtungen dieser oder jener Art wappnen zu können?

– Fahrzeugunterschutz-Richtlinie …

… wobei wir wieder in die Nähe des EU-Sigurd-Winters gekommen sind, denn in der Kommission oder wie sich diese Behörde nennt, die Richtlinien für *Nichtschienengebundene Nutzfahrzeuge* ausbrütet, war Winter – nun ja – tätig. Die EU-Richtlinie für Traktorsitze wurde ausgearbeitet. Es erhob sich die Frage, wie der Körperteil, der seitens der Traktorfahrer (modisch typographiert: der TraktorfahrerInnen, obwohl es solche seit dem Ende des real existierenden Sozialismus nicht mehr gibt, wo diese -Innen quasi Ikonen der Werktätigkeit waren) mit dem Traktorsitz zwangsläufig in Berührung gebracht wird und der nun ebenso zwangsläufig in der auszuarbeitenden Richtlinie genannt werden muß, schicklicherweise beschrieben werden kann:

Arsch? Bitte schon sehr!

Hintern? Auch nicht gut.

Gesäß? Geht schon eher.

Posteriora? Zu gelehrt. Traktoristen können kein Latein.

Es war die Sternstunde Sigurd Winters, als ihm der nicht anders als epochal zu nennende Einfall aufleuchtete:

Sitzbezugspunkt.

Götz von Berlichingen: »Sag deinem Hauptmann: Vor Ihro Kaiserliche Majestät hab ich, wie immer, schuldigen Respekt. Er aber, sag's ihm, er kann mich im Sitzbezugspunkt lecken.« (Schmeißt das Fenster zu.)

Wobei doch schon angemerkt werden muß: -bezugspunkt ist nicht ganz korrekt. Fläche ... auch nicht schön und genau. Bezugsrundung? Vielleicht denkt ein Nachfolger des Weiland Winter schon seit einigen Jahren über dieses Problem nach. Gegen Auslandszulage.

Das alles wußte übrigens der Göttliche Giselher, der gern auch Vorträge über politische Themen hielt, wobei er, geschickt war er schon, so verschleiernd dozierte, daß man nie wußte, welcher Ansicht er selber nun war. Aber immerhin erzählte er von zwei Rechtsanwälten, die er kannte und die sich den Jux machten, nach Brüssel zu schreiben, daß sie die jeweiligen Parteien verträten, die sich in einem Rechtsstreit befänden, in dem der Traktorsitz eine Rolle spiele.

Prompt kam die Antwort: ein Bündel Papier, schätzungsweise ein halbes Kilo, die komplette EU-Richtlinie den Traktorsitz betreffend. In Englisch, Französisch, Italienisch, Spanisch, Griechisch, ja, auch Deutsch. Niederländisch, Dänisch, Maltesisch ... Lateinisch? Nein, Lateinisch nicht. Aber Letzeburgisch, Flämisch, Gälisch ... was hat das wohl gekostet, diese ganze Übersetzerei? Und leider hat der Göttliche Giselher versäumt sich zu vergewissern, mit welcher Vokabel sich die Übersetzer beim *Sitzbezugspunkt* beholfen haben:

seat – referent – point?

point de référence en siège?

punto – rapporto – sedile?

Locus sedis relationis…

(Für den Fall, daß der Vatican-Staat der EU beitritt.)

Die beiden Rechtsanwälte amüsierten sich mit der Lektüre der Richtlinie, wobei allerdings bald Ermüdung eintrat. So lustig wie mit dem *Sitzbezugspunkt* ging es nicht weiter. Aber sie beschlossen, es damit nicht genug sein zu lassen, schrieben noch einen Brief nach Brüssel, daß sie nähere Aufklärung über diesen oder jenen Punkt bräuchten. (Filterten haarsträubende Rechtsprobleme aus den dunklen Paragraphenspalten dieser Richtlinie.)

Es kam eine unerwartete Antwort, nämlich ein stark qualmender holländischer Gigantenklotzkopf von niederschmetternder Freundlichkeit, der sich als Europa-Unterkommissär für Traktorsitze (oder so ungefähr) vorstellte, nebst Dolmetscher. Er tönte – quasi durch den Dolmetscher hindurch – auf die beiden Rechtsanwälte hinunter, daß er glücklich über die Anfrage sei, weil bisher nie, nie jemand von dieser schönen Traktorsitz-Richtlinie Gebrauch gemacht habe, die Traktorsitze seien, europäisch gesprochen, nach wie vor ein Wildwuchs, und endlich also, endlich! und so fort.

Die beiden Rechtsanwälte einigten sich schlagfertig und nach nur einem Blickwechsel auf die Ausrede, daß sich die Sache durch einen leider eben nach Absendung des Briefes geschlossenen Vergleich zwischen den Parteien erledigt habe. Das entsprechende Schreiben nach Brüssel habe man eben diktieren wollen ...

»Schade, schade«, ließ der Holländer dolmetschen, verlor aber nichts an Freundlichkeit und erkundigte sich nach einem Restaurant, wo man ordentlich essen könne. Der Reiseetat des Holländers war offenbar unerschöpflich. Es wurde ein richtig europäischer Abend. Der Holländer bestand darauf, daß die Rechtsanwälte ihre Damen herbeiholten, bedauerte, daß die Parteien oder eben deren Chefs oder Geschäftsführer dummerweise heute verhindert seien, aß spielend sieben Gänge, und zum Schluß stieß man mit

»Ach wie herrlich perlt die Blase

Witwe Klickos in dem Glase«

auf den europäischen Traktorsitz an.

*

So waren Brüssel, die Europäische Union, der Traktorsitz und dessen Sitzbezugspunkt der Grund für das Zerbrechen von Helene Rombergs Ehe.

Wäre es anders gekommen, wenn sie mitgegangen wäre nach Brüssel? Den ganzen Hausstand dorthin verlegt hätte? Wer weiß. Sie war anfangs oft dort, aber auch Winter war eigentlich nicht anders als »oft dort«. Der Dienst schien sehr locker zu sein, und es fiel, so scheint es, nicht auf, wenn der Beamte vom Wochenende (Freiflug nach Hause, selbstverständlich *Senator Class* ... für Beamte vielleicht eine Nummer kleiner) erst am Donnerstag an seinen Schreibtisch zurückkehrte und: »Alles in Ordnung? Gibt's was Neues? Nein? Dann ein schönes Wochenende allseits –« in den Raum warf. Offenbar hält man auch dort in Brüssel den Grundsatz hoch, daß ein Beamter, der nicht da ist, keine Fehler machen kann.

Aber mit der Zeit blieb Winter auffallend oft auch übers Wochenende in Brüssel. Über zwei Wochenenden. Mietete eine größere Wohnung. Von einer Übersiedlung Helenes war nicht mehr die Rede. Ihr war es recht, und es war ja ohnedies nur eine Frage der Zeit, bis Helene der Grund für ihres Mannes Verhalten klar wurde: Blandine Sellebien.

*

Es fing damit an, daß eine fleißige Studentin der Musikwissenschaft für eine Seminararbeit alle einschlägigen Musiklexika nach Komponisten des 19. und 20. Jahrhunderts durchforstete, die Konzerte für Harfe und Orchester geschrieben hatten. Bärlocher hieß die Fleißbiene: Zwei Monate hatte sie gebraucht, um mit dem Zeigefinger Zeile um Zeile der Werkverzeichnisse herunterzufahren. Vom estnischen Komponisten Juhan Aavik bis zum Niederländer Bernard Zweers. Dabei stieß sie zwangsläufig auch auf Thremo Tofandor, den der *Meister* unter anderem ein Konzert für Harfe und Blechbläser op. 84 hat schreiben lassen, mit dem Untertitel »Die Wasserkugel«. Fräulein Bärlocher stutzte und schrieb an die Redaktion des Leipisius-Lexikons, daß sie sich wundere, warum hinter dem Geburtsdatum Tofandors ein Fragezeichen stehe. Bei mittelalterlichen und vielleicht sogar noch bei Barockkomponisten sei das einzusehen, bei einem offenbar noch lebenden könne man doch meinen, man brauche ihn nur zu fragen.

Der Cheflektor im Verlag schüttelte den Kopf, in dem er eigentlich anderes, Wichtigeres hatte, und sandte den Brief mit der Bitte um Beantwortung an den Verfasser des betreffenden Artikels weiter: an den *Meister*.

Der erschrak furchtbar, war er doch ohnedies eher von der schreckhaften Seite.

»Das hast du davon«, spottete Carlone.

»Und was soll ich machen?«

»Laß den Brief liegen. Vielleicht vergißt sie die Sache.«

Aber Fräulein Bärlocher vergaß die Sache mitnichten. Es kam ein weiterer Brief – auch über den Verlag –, in dem sie um Antwort bat und außerdem um Aufklärung darüber, was eine »Wasserkugel« sei.

»Das kannst du ja wohl beantworten«, sagte Carlone, »du schreibst kühl und sachlich: Liebes Fräulein, woher soll ich wissen, was sich der mir im übrigen persönlich nicht bekannte Komponist Tofandor unter einer *Wasserkugel* vorgestellt hat. Ich erlaube mir die Vermutung: gar nichts.«

Der *Meister* schrieb tatsächlich in diesem Sinn, allerdings etwas konzilianter.

Damit hatte Fräulein Bärlocher (Adriane mit Vornamen) die Adresse. Prompt kam ein Brief ohne Umweg über den Verlag. Sie habe sich, schrieb Fräulein Bärlocher, viele Gedanken über Tofandor gemacht, obwohl dessen Person und Werk nicht im Mittelpunkt ihres Referates stehe, das im übrigen seiner Vollendung entgegengehe. Es wundere sie, daß Tofandor in keinem der anderen Nachschlagwerke verzeichnet sei, und sie frage sich, »wie Sie, sehr geehrter Herr Wibesser, auf diesen Komponisten gekommen sind«.

»Jetzt wird es ernst«, stöhnte der *Meister*.

»Ach was«, sagte Carlone, dessen Gemütsruhe unter anderem auf der Lebensgrundlage beruhte, daß es für alles eine Lösung gibt, wenn man das Problem nur lang genug hinausschiebt: »Laß den Brief einfach liegen.«

Aber das ging dem Perfektionisten *Meister* harsch gegen den Strich: noch einen Brief unbeantwortet zu lassen. Durch den Hinweis seitens eines Freundes auf einen Artikel in einer alten Musikzeitschrift, schrieb der *Meister*, sei er auf den Namen Tofandor gestoßen, und da er sich immer schon für abseitige Dinge in der Wissenschaft interessiert habe, sei er diesem Namen nachgegangen, und so sei es zu dem Lexikonartikel gekommen, den Tofandor immerhin, meinte der *Meister*, verdiene. Postwendend kam ein weiterer Brief von Fräulein Bärlocher – und bald die Frage, ob sie den *Meister* besuchen dürfe. Tofandor interessiere sie zunehmend, und auch ihr Doktorvater sei förmlich elektrisiert von diesem offenbar unterschätzten Komponisten.

Eine Zwischenbemerkung, weil der Leser vielleicht danach fragt: Emma Raimer berührte das Ganze überhaupt nicht. Einmal nahm sie schon von vornherein keinen inneren Anteil an des *Meisters* Arbeit, und dann war sie zu der Zeit mit der Vorbereitung auf ihr Rigorosum beschäftigt. Wie das vor sich ging und wie es überhaupt zum Rigorosum kam, wird noch darzustellen sein.

*

Carlone gab den Rat, ein umfassendes Geständnis sowohl Leipisius als auch Fräulein Bärlocher gegenüber abzugeben mit der zerknirschten Versicherung, nie mehr so etwas zu tun. Der furchtsame *Meister* konnte sich dazu nicht aufraffen. Er traf sich mit der etwa zwei Meter lang geratenen Bärlocher, die aber im übrigen sehr nett war, und erzählte ihr das Blaue vom Himmel herunter.

»Hast du wenigstens aufgeschrieben, was du ihr vorgelogen hast? Damit du dir später nicht widersprichst?« Diese Warnung allerdings war dem perfektionistischen *Meister* gegenüber überflüssig. Er hatte bereits einen Zettelkasten »Tofandor« angelegt: weitere Einzelheiten zu Tofandors Leben, unter anderem daß er dreimal verheiratet gewesen war, zuletzt verwitwet. Von seiner letzten Frau habe er ein Unternehmen geerbt, das sich mit der Einrichtung von Meerwasserentsalzungsanlagen befasse. Dieses in der Nähe von Lissabon ansässige Unternehmen, um dessen Betrieb sich selbstverständlich nicht Tofandor selber, sondern ein Verwaltergremium kümmere, werfe so viel ab, daß Tofandor sorglos leben und weitere Werke schreiben könne, die er allerdings, wie auch seine früheren, der undankbaren Welt vorenthalte.

»Zur Zeit«, sagte der *Meister*, »arbeitet er an der Vertonung von Robert Musils Roman *Der Mann ohne Eigenschaften*.«

»Ach!« sagte Fräulein Bärlocher, »das mag ja ein gewaltiges Unterfangen sein.«

»Allerdings«, sagte der *Meister*.

»Woher wissen Sie das?«

»Er hat es mir geschrieben«, sagte der *Meister*.

(»Bist du wahnsinnig«, zischte Carlone.)

»Können Sie mir den Brief zeigen?«

(»Siehst du«, zischte Carlone.)

Der *Meister* stotterte. »Ich habe ihn … es ist …«

»Er hat ihn«, sprang ihm Carlone bei, »selbstverständlich im Safe in der Bank. Morgen kann er ihn Ihnen zeigen. Heute hat die Bank schon zu.«

So fabrizierte der *Meister* spätabends einen Brief Thremo Tofandors: »Sehr geehrter Herr Wibesser, mit großer Freude registriere ich Ihr Interesse an meinen Arbeiten, wobei Sie leider mit diesem Interesse so gut wie allein dastehen. Gern gebe ich Ihnen Auskunft, woran ich zur Zeit arbeite …« usw. usw. »Mit Dank und Grüßen Ihr Thremo Tofandor.« Mit des *Meisters* Schreibmaschine geschrieben (Modell 1938, damals das neueste). So brauchte nur die Unterschrift gefälscht zu werden. Das besorgte Carlone.

»Ich habe auch herausgefunden«, sagte die Zweimetria, »was eine Wasserkugel ist. Ein Kollege hat es gewußt, der Fischer ist. Man braucht die Wasserkugel zum Forellenfangen. Aber das heißt ja noch nicht, daß man weiß, was Tofandor damit gemeint hat. Und …«, sie zog ihre Unterlagen vor, »…die Violinsonatine in e-Moll op. 60 mit dem Untertitel ›Warum das Pläßhuhn ruft‹? An sich schreibt man Bläßhuhn mit weichem B.«

»Meister Tofandor ist eben in vielen Dingen eigenwillig«, sagte Carlone.

»So klingt sie auch«, sagte der *Meister*.

»Sie kennen die Sonatine?«

Carlone stieß unterm Tisch des *Meisters* Fuß an. Zu spät.

»Ja, nun … ja«, sagte der *Meister* …

Es war Schwerstarbeit. Freilich hatten beide, sowohl der *Meister* als auch Carlone Kurse in Harmonielehre gemacht und so manchen bezifferten Baß ausgesetzt, aber komponieren ist doch etwas anderes. Carlone kam darauf, in der Musikbibliothek aus dem verstaubtesten Regal etwas Geeignetes hervorzuziehen, etwas, das seit Menschengedenken dort liegt und das kein Mensch kennt. Es war ein Klaviertrio des – an dieser Stelle muß gesagt werden: repertoirisch zu billig gehandelten – Carl Gottlieb Reißiger. Nicht weniger als siebenundzwanzig davon hat er geschrieben, eins schöner als das andere – alle vergessen. Eins davon mißbrauchten der *Meister* und Carlone, um die Violinsonatine mit dem rätselhaften Untertitel »Warum das Pläßhuhn ruft« herzustellen: durch Hinzufügen dissonanter Akkorde, durch Verdrehen oder Umdrehen ganzer Passagen, durch Zerhacken einzelner Perioden, durch Einfügen schriller Flageolett-Töne, von denen die beiden annahmen, es sei das Rufen des Pläßhuhns mit hartem P. Danach schrieb der *Meister* mit seiner perfekten Notenschrift das Ganze ab, und Carlone signierte es mit »Thremo Tofandor«.

Fräulein Bärlocher war begeistert.

*

Man ahnt nicht, wie schnell die Wissenschaft reagiert, wenn einer vom anderen abschreiben kann. Es erschien wenig später die Neuauflage eines anderen Musiklexikons, genauer gesagt, der Ergänzungsband N–Z, und siehe da: Schon stand Thremo Tofandor drin.

»Jetzt gibt es ihn«, sagte Carlone, »jetzt ist er nicht mehr umzubringen.«

Dem *Meister* war es aber mulmig. Er stierte auf den aufgeschlagenen Band: als Geburtsdatum war 30. Juli 1897 angegeben. »Woher die das wissen wollen?«

Fräulein Bärlocher war übrigens – per Autostopp, was schwierig war angesichts ihrer Größe, meist mußte sie mit Lastwagen vorliebnehmen – nach Südtirol gefahren, wo laut Briefkopf des vom *Meister* gefälschten Briefes Thremo Tofandor wohnen sollte: in Eppan, italienisch Appiano, Reinspergweg 5. Nach einigem Suchen fand Fräulein Bärlocher sowohl Eppan als auch den Reinspergweg. Die Nummer 5 war ein großes, altes Anwesen mit Erkern und Türmchen, sichtlich verwahrlost, auf den ersten Blick sogar scheinbar unbewohnt.

Ein altertümlicher Klingelzug funktionierte aber. Weit drinnen hinterm Tor und weiter oben bimmelte es. Nach einiger Zeit öffnete ein alter Herr mit moroser Miene ein Fenster im zweiten Stock und krächzte: »Ja?«

»Ich suche Herrn Tofandor.«

»Wen?«

»Tofandor.«

»Gibt's hier nicht.« Er schlug das Fenster zu.

Fräulein Bärlocher war entschlossen, nicht lockerzulassen. Sie zog wieder am Klingelzug. Der Alte bellte: »Was ist denn noch?«

»Hat Herr Tofandor hier gewohnt?«

»Nein. Wie heißt er?«

»Tofandor«, schrie sie.

»Nie gehört.«

»Halt! Halt! Wohnen Sie schon lange hier? Vielleicht, daß früher ...?«

»Ich wohn seit dreißig Jahren hier. Tofandor? Nein. Nie.« Schlug das Fenster zu.

In der Mitte des Dorfes war in einem anderen alten Haus – *Ansitz* nennt man so was dort – eine Bar, also das, was man in Italien eine Bar nennt: eine Art Stehcafé, hier allerdings mit südtirolischem Einschlag in Richtung Weinkeller, ziemlich finster und rauchig und offenbar von zwei stark schwerhörigen, nahezu zwillingsgleich aussehenden alten Frauen betrieben, beide in großgeblümten Kittelschürzen.

Fräulein Bärlocher bestellte einen Kaffee. »Andeitschn?« fragte die eine Alte.

»Wie bitte?«

»Andeitschn odranspresso?« Auch die Zahnlücken der Alten trugen zur Sprachverundeutlichung bei. Fräulein Bärlocher blickte ratlos um sich. Weiter hinten an einem ungedeckten Holztisch saß ein Mann mit grünem Hut und einer tiefblauen Schürze und las in einer Zeitung. Er schaute jetzt auf und erkannte, daß Verständigungsschwierigkeiten bestanden. Er bemühte sich um Hochdeutsch, hatte auch etwas mehr Zähne.

»Ob Sie an deitschn Kaffee welln oder an walschen, also Espresso?«

»Ah! Vielen Dank. Espresso, bitte. Und darf ich Sie etwas fragen?«

»Ja? Was?«

»Kennen Sie einen Herrn Tofandor?«

»Tofandor?« Er wandte sich an die Alte: »Kenschep'roan, wo Tofandor hoaßt, magari?«

»Naaa«, sagte die Alte.

»Einen Komponisten? Musiker?« sagte Fräulein Bärlocher. Da fiel ihr ein, daß Tofandor laut Lexikonartikel der Künstlername des Komponisten ist. Sie hatte selbstverständlich eine Kopie des Artikels dabei, kramte ihn aus ihrer Handtasche. »Oder Herrn Ralf Schlierenzer?«

»Ha? Scheuch'n'zner? Ja der, der wohnt da ob'n – da – miaßn Sie lei…« usw. Er ging vor die Bar mit ihr und zeigte ihr den Weg.

Heiß war es. Die Sonne brannte. Fräulein Bärlocher stapfte hinauf zwischen Weinbergen und groben Mauern aus Feldsteinen bis zu einem allein in einem großen

Garten stehenden Haus. Matschatscherweg 20. *Scheu-chenzuber R.* stand an der Glocke.

Fräulein Bärlocher läutete. Eine alte Frau in einer Kittelschürze – eine Art Nationaltracht hier? – zeigte sich. War die Alte die Drillingsschwester der Alten da unten in der Bar? Oder sehen hier alle so aus?

»Ist Herr Schlierenzer zu sprechen?«

»Schlierenzer? Sie moanen Scheuchenzuber?«

»Den Hausherrn halt.«

»Derisch nit daa.«

»Wie?«

»Nicht da!«

»Wann kommt er denn?«

»Net vorn Herbscht.«

Fräulein Bärlocher verschnaufte. Nicht vor dem Herbst. Jetzt war Juli. »Darf ich das Haus photographieren?«

»Weg'n mir.« Die Alte trat zur Seite. Fräulein Bärlocher zog ihre Kamera hervor, photographierte das Haus, den Garten, das Tor.

»Darf ich auch Sie...?«

Die Alte kicherte, wischte die Hände an der Kittelschürze ab und stellte sich in gerader Photographierhaltung auf. Fräulein Bärlocher knipste.

»Sie sind ... die Frau des Hauses?«

Die Alte kicherte wieder. »Naanaa. Naanaa. Ipaßlei aufs Haus auf.«

»Wie?«

»Solang der Herr net daa isch. Paß i auf.«

»Ach so. Sagen Sie…« Fräulein Bärlocher holte tief
Luft »Ob ich das Arbeitszimmer des Herrn photographieren darf?«

Die Alte schaute kritisch.

»Nur für private Zwecke!«

»I woaß net… naa. I woaß net… Madei… Aber da –
da, wenn's schnell geat.« Sie öffnete die Haustür, zeigte
auf den Hausgang. Schnell schoß Fräulein Bärlocher
ein paar Bilder, dann schob die Alte sie wieder hinaus.
Einen Blick in eins der Zimmer hatte Fräulein Bärlocher
erhaschen können: ein großer Schreibtisch und ein Sta-
pel ungeordneter Papiere daneben…

Fräulein Bärlocher ging, schweißgebadet, aber glücklich. Nachzutragen ist, daß im Hausgang ein ziemlich
großes, gerahmtes Bild hing, das einen bärtigen Mann
darstellte. Auch das hatte Fräulein Bärlocher schnell –
mit Blitz – abgelichtet.

*

Professor Katruse hieß Fräulein Bärlochers Doktorvater. Wie erwähnt, hatte ihn der Hinweis auf Tofandor »förmlich elektrisiert«. Mit Wohlwollen sichtete er
daher das Material – nun ja… –, das ihm seine Schü-
lerin nach der Exkursion nach Südtirol vorlegte. Und
schrieb einen Aufsatz in der *Neuen Zeitschrift für Musik*: »Eine Wanderung zu Tofandor.« In diesem Aufsatz
analysierte er geistvoll und vor allem unter Berücksichtigung musiksoziologischer Gesichtspunkte die Violinsonatine, vergaß nicht, den Komponisten durch einige

Adorno-Zitate als modern zu approbieren, frischte die spärlichen Lebensdaten Tofandors etwas auf, schilderte seinen Besuch bei dem zurückgezogen lebenden Komponisten, was mit einigen Photographien illustriert wurde, berichtete in großen Zügen von dem Gespräch, das er mit Tofandor geführt hatte, und brachte jenes Bild des bärtigen Mannes.

Sein Freund und Kollege Professor Mahrgut besprach den Aufsatz in einer anderen Zeitschrift, was in dem Satz gipfelte, daß man in der Tofandor-Forschung in Zukunft um diesen Aufsatz nicht herumkommen werde. Auch hier das Bild des Bärtigen mit der Unterschrift: T. Tofandor.

»Jetzt kann dir nichts mehr passieren«, sagte Carlone zum *Meister*, »jetzt würde man dich einen Banausen schimpfen, wenn du behauptetest, Tofandor gebe es nicht.«

»Meinst du?«

»Kannst du beweisen, daß es ihn nicht gibt? Eben.«

*

Fräulein Bärlocher wandte sich bald danach von der Musikwissenschaft ab und wechselte zur Ökotrophologie, das ist die gehobene Hauswirtschaftslehre, und promovierte mit einer Arbeit über die Geschichte des Semmelknödels.

*

Emma Raimer gehörte zum engeren Freundeskreis um einen weltberühmten Pianisten. Angeblich. Selbstverständlich Italiener, sonst wäre er für Emmas Bewunderung nicht in Frage gekommen. Ihre Bewunderung, die – so was läßt sich ja nicht trennen – eine stark erotische Komponente hatte, begleitete all ihre Affären und »Beziehungen«, ohne sie zu stören.

Emma reiste dem Pianisten nach, so oft es ihr möglich war. Wartete am Bühneneingang inmitten der anderen engen Freunde. Der Pianist trat heraus, begrüßte alle mit einer Umarmung und drei Küssen: rechts, links, rechts. Auch Emma. Eine enge, wenngleich erotisch unerfüllte Freundschaft.

Sagte sie.

Der *Meister* war eifersüchtig, denn in schöner Offenheit erklärte Emma immer wieder, daß sie alles stehen und liegen lassen würde, wenn der Ruf des Pianisten nach ihr einträfe.

Genauer gesagt: stehen und liegen lassen *wird*, denn der Ruf werde kommen, zwangsläufig. Der Pianist war verheiratet, und zwar mit einer rotmähnigen Schwedin, was Emma zum Haß auf alle Rothaarigen brachte. Aber der Pianist sei der Roten längst überdrüssig, demnächst... und dann werde er... in ihre, Emmas, ausgebreitete Arme sinken. Emma selber war strohblond.

Der *Meister* hielt das aus: verblendet.

»›Sag einmal‹, habe ich ihn nicht nur einmal gefragt«, erzählte Carlone in der *Madonna*, »›bist du nicht gescheit? Merkst du nicht, daß sie eine unerträgliche Egoistin ist? Von Minderwertigkeitskomplexen zerfressen, die sie durch ihre eingebildeten Krankheiten kompensiert?‹ Nein, der *Meister* sah das nicht ein, erzählte von ihrer Anschmiegsamkeit, von ihren Zärtlichkeiten in jenen Stunden, von ihrer restlosen Hingabe, von ihrer Gabe – so der *Meister* wörtlich –, ›den höchsten Gipfel zu ersteigen und einen dorthin mitzunehmen‹. Da war nichts zu machen. Ich habe übrigens den Pianisten später kennengelernt, als ich Chefdramaturg war. Ich habe ihn gefragt, und es hat ihm der Name Emma Raimer nichts gesagt.«

Und es kam noch viel schlimmer. Der *Meister* war im Kern seines Wesens ein geborener Junggeselle. Und ausgerechnet er tat das, was er nie und nimmer hätte tun dürfen, was seinem eigenbrötlerischen, pedantischen, bis zum Exzeß perfektionistisch ausgerichteten Wesen diametral widersprach, was keiner, der ihn kannte, je von ihm erwartet hatte: Er heiratete. Er heiratete Emma Raimer.

Der Göttliche Giselher hielt bei einem Abendessen einen ausgreifenden Vortrag über chromosomisch-genetische Charakterdispositionen für und gegen die Ehe – nannte ihn zwar nicht ausdrücklich, stellte aber den *Meister* als Prototyp des Eheungeeigneten ins Licht seiner Erörterungen. In Gegenwart des *Meisters*, der nur peinlich berührt den Kopf senkte. Wie üblich war der ganze Vortrag eher Schwachsinn, aber was seine Einordnung des *Meisters* betraf, hatte er recht. Es half nichts. Der *Meister* heiratete die Emma Raimer.

Zwei Jahre dauerte die Ehe, dann wandte sie sich einem viereckigen italienischen Pferdezüchter namens Attilio zu und verließ den *Meister*. Den Porsche 911 Carrera, den ihr der *Meister* gekauft hatte, nahm sie mit. Außer dem Wunsch, dem Weltpianisten in den Armen zu liegen, war Emmas größter Herzenswunsch immer schon gewesen: ein Porsche 911 Carrera. Der *Meister* löste – unter Verlust, versteht sich – seine so sorgfältig kalkulierten Geldanlagen auf. Es reichte gerade für den Porsche. Als dann der Porsche und Emma weg waren, mußte der *Meister*, bildlich gesprochen, wieder zu seiner kleinen Herdplatte und den Läppchen am Plattenspieler zurück.

»Nein, die Läppchen nicht«, sagte Carlone, »denn inzwischen gab es CDs.«

Und es gab die Doktorarbeit.

»Hat der *Meister* dann letztendlich doch promoviert?«

»Indirekt«, sagte Carlone.

*

Weiter mit Carlones Erzählung:

Es war wie mit dem kleinen Finger, den man dem Teufel gibt. Diese fluchwürdige Violinsonatine in e-Moll mit dem Untertitel »Warum das Pläßhuhn ruft« wurde doch tatsächlich aufgeführt.

»Wie klang das?«

»Ich war nicht dabei«, sagte Carlone.

Im Gegensatz zum musikabstinenten Professor Goblitz war Fräulein Bärlochers ehemaliger Doktorvater Professor Katruse nicht nur am Hören von Musik interessiert, er musizierte sogar selber und war kein schlechter Pianist. Über Fräulein Bärlocher erfuhr er des *Meisters* Adresse und schrieb einen Brief: Er wolle, bevor er Nachforschungen anstelle, die sicher schwierig seien, bei Herrn Dr.(?) Wibesser anfragen, der ja wohl so etwas wie – kann man sagen? – Nachlaßverwalter zu Lebzeiten Tofandors sei, ob nicht noch andere Werke …

»Sag einfach Nein«, riet Carlone. Aber der *Meister* hatte (wieder einmal) Angst vor den angedrohten Nachforschungen, die möglicherweise dazu führen konnten, daß der ganze Schwindel aufflog.

»Er kann nicht mehr auffliegen. Tofandor *gibt* es«, sagte Carlone.

»Nein, nein, es war doch nicht schwer, das mit der Violinsonatine, oder?«

So schrieb der *Meister* »Drei Stücke für präpariertes Cembalo, ›Segen der Zeit‹ op. 22.« Es waren drei Scarlatti-Sonaten in Spiegelschrift und mit einem Dutzend Radiergummis zwischen die Saiten geklemmt zu spielen. Es klang grausig. Professor Katruse war begeistert.

Ein anderer Schüler Katruses, ein Japaner namens Kyomori, tauschte das bisherige Thema seiner Magisterarbeit (»Der Tropus *Hodie cantandus est* des Tuotilo«) im Einverständnis mit Katruse gegen eine Arbeit über Tofandor. Er besuchte zu dem Zweck den *Meister* – es war zur Zeit von dessen Ehe mit Emma Raimer – und sprach mit ihm, wobei dem *Meister* nichts anderes übrig blieb, als neue Details zu Tofandors Leben zu erfinden, unter anderem eine schwere psychische Erkrankung in den Jahren vor dem Zweiten Weltkrieg. Wofür die Beziehung zu Emma nicht doch alles gut war: Tofandor könne nichts mehr essen, was auf viereckigen Tellern serviert wurde, könne nichts Rotes vertragen, sei allergisch gegen Teppichböden und gegen Katzenhaare. Anläßlich eines Essens beim japanischen Botschafter in Berlin – »ich mache ihm damit eine Freude«, dachte der *Meister* –, als nach einem Aperitif die Gäste, darunter Tofandor, in den Speisesaal geführt wurden, wo nicht nur hochfloriger Teppichboden, wenn man so sagen kann, herrschte, sondern auf viereckigen Tellern eben Tomatencremesuppe serviert wurde und die Frau des Botschafters den Gästen ihre Lieblingskatze vorstellte, sei Tofandor zusammengebrochen und mußte ins Spital gebracht werden. Unter dem Sauerstoffzelt komponierte er dann die einsätzige Symphonie mit obligater Soloposaune mit dem Titel *Der tote Jadebaum* op. 72.

Ob man wohl irgendwie diese Symphonie beibringen könnte? fragte mit einer Verbeugung Kyomori. Der *Meister* wollte schon zusagen, da fuhr Carlone dazwischen: »Nein, leider nicht. Tofandor schenkte die Partitur dem Botschafter, der sie nach Japan mitnahm, wo sie beim Atombombenangriff auf Hiroschima zugrunde ging.«

»Sehr schade, sehr schade«, sagte Kyomori mit einer weiteren Verbeugung. Aber die Adresse mußte der *Meister* wohl oder übel herausrücken: Eppan/Appiano in Südtirol, Matschatscherweg 20. Kyomori fuhr hin. Er verwechselte allerdings Eppan/Appiano mit Attnang-Puchheim (klingt es für japanische Ohren ähnlich?) und den Matschatscherweg infolge eines Mißverständnisses mit dem Kornweg. Die Nummer 20 mit der Nummer 12. Das Mißverständnis kam bedauerlicherweise dadurch zustande, daß Kyomori ausgerechnet den vernunftresistenten Hauberlechner Kurt nach der Hausnummer fragte, der in Attnang-Puchheim die Funktion des Ortsdeppen ausübte.

Unter der genannten Adresse traf Kyomori auf einen stark oberösterreichisch geprägten Herrn, einen sogenannten Mostschädel, der eben in einer handgreiflichen Auseinandersetzung mit seiner Ehefrau begriffen war. Es hätte nicht viel gefehlt, und Kyomori wäre in die Handgreiflichkeit einbezogen worden. Er hielt das Ganze übrigens für einen Volkstanz und machte dies zum zentralen Punkt seiner Arbeit über Tofandor. Kyomori hatte auch – wie nicht bei einem Japaner! – heftig photographiert. Leider waren die meisten Bilder unscharf, aber immerhin war der erhebliche Unterschied zu jenem Bild zu erkennen, das Fräulein Bärlocher mitgebracht hatte. Bei neuerlicher Prüfung stellte sich denn auch heraus, daß es sich bei diesem Bild um ein Porträt Andreas Hofers gehandelt hatte.

Es versteht sich, daß durch die Bemühungen Kyomoris die Tofandor-Forschung einen hervorragenden Impuls bekam, besonders in Japan. Mehrere Arbeiten erschienen, bebildert mit Photographien teils des Hauses am Matschatscherweg in Eppan, teils jenes vom Kornweg in Attnang-Puchheim. Jeweils authentisch. Die Alte in der Kittelschürze in Eppan war das letzte Mal fuchsteufelswild geworden. »Sie wäre mir an die Gurgel gesprungen«, sagte ein Journalist, »wenn sie mehr Zähne gehabt hätte.«

Und merkwürdige Dinge geschahen. Davon, daß das exakte Geburtsdatum auftauchte, wurde schon berichtet. In Mainz wurde das Oboenquartett »So mildes Gold« op. 4 aufgeführt, offenbar also ein Frühwerk. In Oldenburg das Trio für drei Hörner »Tatarisch« op. 23 und in Klagenfurt ein Liederzyklus nach Gedichten von W. Sch. (wer ist oder war das?) für Bariton und Klavier op. 66 »Landkarte des Windes«. Was einzig auffiel, war die starke Uneinheitlichkeit der einzelnen Werke: das Oboenquartett in Vierteltönen, das Trio hochromantisch, der Liederzyklus atonal… und die erste Biographie erschien: Hans Günther Pustknochen, *Der geheimnisvolle Einsiedler. Thremo Tofandor, sein Leben und Werk.*

Kein Zweifel, die Erfindung war dem *Meister* entglitten, nicht aber der *Meister* seiner Erfindung. Er bekam vom Leipisius-Verlag den Auftrag, den jüngst – allerdings nur in maschinenschriftlicher Abschrift – aufgetauchten Briefwechsel Tofandors mit Hindemith aus den Jahren 1930 bis 1939 herauszugeben. Der *Meister* brauchte Geld. Eben war seine Emma mit Porsche zu Pferdezüchter Attilio durchgebrannt. Dringend brauchte er Geld. Also »fand« er noch dazu den Briefwechsel zwischen Tofandor und Ravel. Für den perfekt französisch schreibenden Altromanisten, der der *Meister* ja war, kein Problem.

Und in Würzburg wurde die erste Thremo-Tofandor-Gesellschaft e.V. gegründet. »Und der *Meister*«, sagte Carlone in der *Madonna*, »wurde nicht einmal zum Ehrenmitglied ernannt.«

Die Tofandor-Geschichte ging auch an Monsignore Rohrdörfer nicht vorbei, der sich ja für alles Musikalische stark interessierte. »Hat er nicht auch eine lateinische Messe geschrieben?« drängte er.

Diesmal ging Carlone allein ans Werk. Es war damals gerade eine minutiös gearbeitete Ausgabe der musikalischen Hinterlassenschaft Friedrich Nietzsches erschienen – »...auf was die Fachleut alles draufkommen, wenn man sie laßt« (Fritz von Herzmanovsky-Orlando). Jede Notenzeile, jeder Zettel bis hinunter zum kleinsten Fragment. Wußte man, daß Nietzsche immer wieder dazu angesetzt hatte, eine kanonische, lateinische Messe zu schreiben? Und zwar nicht – wie er behauptete – in seiner unschuldigen Jugend, sondern in späteren Jahren, und daß er die Arbeiten aufhob? Nein, es wußte niemand. Carlone bastelte aus den Fragmenten, die recht umfangreich waren, eine »Missa sacra« o. Op. (ohne Opus-Zahl) zusammen, für vierstimmigen Chor und Orgel sowie Solovioline. Es war eine mühevolle Arbeit, aber Carlone amüsierte sich so sehr dabei, daß er weder Zeit noch Mühe sparte: Nietzsche sang in der Maske eines Thremo Tofandor, den es nicht gab, in einer katholischen Kirche *ad maiorem Dei gloriam* –

denn die Messe wurde tatsächlich aufgeführt. Bei einem Gottesdienst, zu dem Monsignore Rohrdörfer den gerade in der Stadt weilenden Dalai Lama eingeladen hatte.

»Der Bischof hat ihn nicht empfangen wollen«, sagte mir Rohrdörfer – es war beim leider letzten Abendessen im kleinen Kreis in der Wohnung am Rondell, das heißt: die immer noch schöne Helene Romberg, Monsignore Rohrdörfer und ich. Wenig später ereilte ihn der dritte Herzinfarkt.

*

»Und was«, fragte ich, »war mit seiner ominösen indirekten Doktorarbeit, von der du gesprochen hast?«

Wir saßen inzwischen vor dem Beccafico am Campo Santo Stefano. Carlone hatte, obwohl in der *Madonna* an sich mit Nachtisch – *dolce* – Dessert (in dieser Reihenfolge) versorgt, der sizilianischen Spezialität, der Fastucata, nicht widerstehen können.

»Ganz einfach«, sagte Carlone, »er schrieb die Doktorarbeit der Emma Raimer. Sie selber wäre dazu nie im Leben imstande gewesen.«

»Wie, was? Nachdem sie mit dem Pferdehändler …«

»Pferdezüchter.«

»Ja, gut, Pferdezüchter durchgebrannt ist, hat er ihr …«

»Nein, nein, schon vorher.«

»Aber hat das niemand gemerkt?«

Carlone erzählte:

Es begann damals die wissenschaftliche (oder soll man sagen: pseudowissenschaftliche?) Mode der Genderproblematik oder -forschung oder wie auch immer. Gender – ich habe es mir erklären lassen, versucht, es mir erklären zu lassen. Ich vermute, daß man dieses Gender auf die Formel zurückführen kann: Die Frauen sind eigentlich eher männlich und die Männer eher weiblich. Wenn ich mich nicht täusche, hat das Ganze schon einen leichten Anflug von Sterndeuterei, ich meine, die Bretter, die die Genderisten bohren, sind ungefähr so dünn wie die der Astrologen. Das Thema eignet sich aber selbstverständlich für wissenschaftliche Diskussionen – sofern man nicht schärfer nachdenkt. Der Göttliche Giselher hat sich, als die Mode aufkam, voll auf den Genderismus geworfen. Da kein Mensch ganz genau weiß, was Gender ist, kann man niemandem nachweisen, daß er nicht recht hat, wenn er darüber redet. Ganze Abende lang hat der Göttliche Giselher Gender-Theorien ausgebreitet, so großartig wie seine Beschreibung der Kathedrale von Santiago de Compostela, die er auch nie gesehen hat.

Ich weiß nicht, ob man entsprechend dem Begriff »Doktorvater« den Begriff »Doktormutter« verwenden kann, oder ob man, im Gendersinn korrekt »Doktorvaterin« sagen muß, jedenfalls war die Doktormutter/-vaterin von Emma Raimer eine Frühgenderistin, eine Pionierin. Wo? Ich glaube in Greifswald. Oder Rostock? Welches Fach? Selbstverständlich Soziologie. Später haben sich die Genderisten ja stark vermehrt, kamen eine

Zeitlang sogar auf freier Wildbahn vor. Heute ist die Genderistie wieder etwas abgeschwollen, kommt mir vor.

Nun gut, Emma Raimers Doktorvaterin stülpte ihr das Thema über »Die Amazone als sozialkonforme Determination… unter besonderer Berücksichtigung…«. Der *Meister* machte sich an die Arbeit. Seine eigene Dissertation wurde aufgrund der Anforderung der Perfektion, die er sich selber stellte, nie fertig, Emma Raimers Dissertation hingegen fertigte der *Meister* mit der zur Perfektion getriebenen Scharlatanerie. Auf 214 Seiten breitete er genderischen Schwachsinn von so eindrucksvollen Behauptungen aus, von so hochprozentigen Scheinbeweisen, von so imposantem Zitatengehämmer, daß niemand – hätte er denn die Arbeit gelesen – an der hohen Wissenschaftlichkeit gezweifelt hätte. Absolut unverständlich. Aber unzweideutig *genderisch*. Daß mindestens die Hälfte der Zitate und ebenso der Literaturliste vom *Meister* erfunden wurde, versteht sich von selbst. Wer prüft das schon nach?

Emma lernte die Arbeit auswendig, das heißt: einige Kernsätze und dergleichen, denn es kam ja noch das Rigorosum. Da mußte sie die Beisitzer überzeugen, aber die schlafen erfahrungsgemäß meistens, und die Doktorvaterin war keine Gefahr, denn…

»Denn was?« fragte ich.

Niemand, erzählte Carlone weiter, hat je herausbekommen, wie das Photo an das Mitteilungsbrett des Instituts gekommen war, angeheftet zwischen Mitteilungen über Verlegungen von Lehrveranstaltungen, Zimmergesuchen, Verlustanzeigen und Veranstaltungshinweisen: ein Photo der – ohne Zweifel – attraktiven Emma Raimer nackt auf einem Sofa mit der – ohne Zweifel – weit weniger attraktiven, aber ebenfalls nackten, Doktorvaterin in enger Umarmung. Wer hat das Photo gemacht? Selbstauslöser?

Wie dem auch sei, Emma Raimer verließ als Frau Dr. den Raum, verkürzt ausgedrückt. Es mußten nur noch die üblichen Formalitäten erfüllt und die Dissertation gedruckt werden.

»Ach ja«, sagte der milde Carlone, »was schadet das schon. Sie freut sich und fühlt ihren Selbstwert gehoben; und ein Buch, das niemand lesen wird, ist kein Unglück.«

*

Die Beziehung zu dem quadratisch geformten (also ebenso hoch wie breiten) Pferdezüchter, der selber wohl auch über Zuchthengsteigenschaften, nicht aber, so Emma später, über das nötige Feingefühl für die Behandlung von Damen, erst recht nicht von promovierten Damen verfügte, dauerte nur wenige Monate. Dann kam Emma ziemlich abgerissen (in körperlichem wie im seelischen Sinn) zurück. Sie mußte den Porsche verkaufen, um nicht zu verhungern, kroch für einige Zeit bei einem jungen Studienreferendar (Fach: Sport und Werken) unter, was aber offenbar auch nicht von Dauer war.

»Vom Marcusturme schlug es Mitternacht.« Ich bestellte zwei Gläser Passetto. Carlone strich sich über den Bauch. »Ach ja«, sagte er dann, »sie stand eines Tages vor des *Meisters* Tür. Bevor ich von ihm erfuhr, was sich dort abspielte, erfuhr ich es von Emma, die stante pede zu mir rannte. Im *Meister* hatte sich seit dem Weggang oder besser Weglauf Emmas die Große Verbitterung aufgestaut. Kombiniert mit dem Großen Schuppenfall von den Augen, du verstehst: Fall der Schuppen, die eigentlich nur von dem Verblendungsklebstoff vor den Augen des *Meisters* festgehalten worden waren. Oder wohl besser: Er hatte plötzlich alles gesehen, was er vor sich selber verborgen hatte. War er vielleicht überhaupt ein anderer geworden? Ich hatte ihn in der ganzen Zeit vorher nicht mehr so oft gesehen, ich war ja auch weg aus der Stadt, war in Hamburg.

Es hatte wohl eine stille Wut nicht nur auf Emma, sondern vor allem auf sich selber in ihm gebrodelt, brodelte noch, als die Wachtel, verzeih den Ausdruck, vor ihm auftauchte und meinte, ihm ihre Rückkehr zu ihm zu schenken. Ja: zu schenken.

Da explodierte er. Er warf ihr in der gewohnt präzisen Perfektion – du gestattest den Pleonasmus – ihre ganzen Macken und Launen, ihren kerntiefen Egoismus, ihre eingebildeten Krankheiten vor und drohte ihr zum Schluß an, daß er bei der Fakultät die Sache mit der Doktorarbeit anzeigen werde.

›Man wird dir nicht glauben‹, kreischte sie.

›Ha! Ich habe die Handschrift hier. Wohlverwahrt. Und es ist *meine* Handschrift.‹

Als sie dann bei mir vor der Tür stand, war sie innerlich nur noch halb so groß wie vorher. Ich bat sie herein. Sie störte sich nicht am Teppichboden, bemerkte ihn wohl gar nicht. Ich glaube, ich hätte ihr Kirschen auf einem viereckigen Teller vorsetzen können. – Ob ich glaube, daß er so gemein sein könne?

›Und du? Wie gemein warst du zu ihm?‹

Aber er setze sich doch selber damit in die Nesseln!

›Die Nesseln, in die er sich allenfalls setzt, sind nicht so hoch gewachsen wie deine.‹

Und wenn sie der Welt den Schwindel mit Thremo Tofandor verkünde?

›Wie willst du das der Welt verkünden? Hört die Welt auf jemanden wie dich?‹

Der Stich ›jemanden wie dich‹ saß, merkte ich. Sie war den Tränen nahe.

›Niemand‹, sagte ich, ›wird dir glauben. Es ist so gut wie unmöglich zu beweisen, daß es etwas *nicht* gibt. Alter Hut.‹

Sie schluchzte noch ein paarmal. Fast war ich so weit, daß sie mir leid tat. Dann ging sie. Ich habe sie nie mehr wiedergesehen.«

*

»Ich nehme an«, sagte Carlone – noch in der *Madonna*, und ließ sich gerade ein Zwischengericht bringen, eine Art Krebstorte, hatte gesehen, daß sie am Nebentisch serviert wurde: »Mir auch so eine!« zum Kellner –, »ich nehme an, Pfarrer Rohrdörfer hätte eine ausgewachsene kirchliche Beerdigung für sein Peterl ausgerichtet. Das ging aber nicht.«

Das Peterl war ein starker, rotbraun-weiß gefleckter Kater von, wenn das Oxymoron gestattet ist, liebenswürdiger Unnahbarkeit. Er verbreitete die Aura eines Wesens um sich, das beschlossen hat, schwierig zu werden. Er war ja auch schon über eineinhalb Jahrzehnte alt. Er konnte vom obersten Bücherregal mit einem welterkennenden Blick herunterschauen, der –

»Ja«, sagte Carlone, »der mich an eine Photographie des alten Somerset Maugham erinnert – der da kurz vor seiner Metamorphose zu einem bösen Insekt stand.«

Aber zwischen Peterl und Rohrdörfer herrschte tiefe gegenseitige Liebe. Und eines Tages verschwand Peterl. Wäre er gestorben, wäre das schlimm für Rohrdörfer gewesen. Das Verschwinden war, wie man sich ohne weiteres denken kann, schlimmer.

Es war klar. Peterl war entweder überfahren worden, und das tote Peterl wurde von der herzlosen Straßenreinigung – ja, der Ausdruck ist nicht zu vermeiden – beseitigt, oder der Kater war einem der Katzenjäger zum Opfer gefallen; die schlimmste Vorstellung, die an Rohrdörfer nagte: Peterl als hilfloses Objekt bei Tierversuchen. Rohrdörfer wetterte oft, öffentlich und sogar in Predigten, gegen Tierversuche, war in entsprechenden Vereinen engagiert, marschierte – im Ornat! auch *höheren Orts* nicht gern gesehen – bei Demonstrationen mit.

»Es ging so weit«, sagte Carlone in der *Madonna*, »es

ging so weit – mm, hervorragend diese Krebssache. Solltest du auch probieren.« Es ging so weit – das ist eine längere Sache. Er, Rohrdörfer, dopte seinen Duz- und Studienfreund, den nunmehr Curiencardinal, mit dem Tierschutzgedanken. Und da gab es einmal eine Bischofskonferenz in Rom, noch unter Johannes Paul II. Monsignore Rohrdörfer war als Berater dort. Er ließ nicht locker, bis nicht die Bischofskonferenz eine in den Augen Rohrdörfers allerdings nur »halbscharige« – hochdeutsch: halbherzige – Resolution etwa des Inhalts erließ: »…auch Tiere sind Geschöpfe Gottes, müssen als solche respektiert und dürfen nicht gequält wer- den, sie sind aber nicht erlösungsfähig und auch nicht erlösungsbedürftig…« – was die BILD-Zeitung zu der Schlagzeile veranlaßte: »Päpstliche Bischofskonferenz: Auch der Hund kommt in den Himmel.«

»Daß Peterl in den Himmel kommt«, sagte Carlone in der *Madonna*, »davon war Rohrdörfer tiefstinnerlich überzeugt. In vollem, unverrückbarem Ernst sagte er einmal zu mir und hielt mich dabei am Rockaufschlag fest: ›Und ich sage Ihnen, ich sehe meinen Peterl drü- ben wieder…‹«

*

»Nein«, sagte die schöne Helene Romberg, als ich vor jenem Bild stutzte und lachte, »der Übergang vom Ex- Winter hierher ging fließend.« Es gab, erfuhr ich, einen, wie Helene sagte, »Zwischenmenschen« bei ihr. Wir sa- ßen, es war eins der letzten Male, in Helenes Wohnzimmer nach dem Abendessen bei der geliebten »Witwe Klicko«. Rohrdörfer hatte seinen Hausrock ausgezogen, eine tibetanisch bestickte Jacke, die ihm damals der Dalai Lama geschenkt hatte, und Helene erzählte freimütig, wie es zu diesem Bild kam.

Bildbeschreibung (mußte ich oft in der Schule machen, allerdings nicht von solch einem Bild): eine sichtlich antike Ziegelmauer, darin eine Nische mit der üblichen halben Kuppel, vormals ohne Zweifel mit Marmor ausgekleidet, die Halbkuppel als Muschel gestaltet, man kennt das tausendfach. Eine Nische, vorgesehen für eine Statue.

Und es stand eine Statue drin: eine Venus, Marmorweiß vor Ziegelrot in klassischer Haltung; sehr rar: völlig unversehrt ... es war *Helene*, weiß angestrichen ...

Sie lachte, als sie es erzählte. Ja, der »Zwischenmensch« sei ein nicht unbedeutender Objektkünstler und Photograph gewesen, sei es noch, sie wolle den Namen nicht nennen – mit ihm sei sie in Rom gewesen, und seine Idee war es, daß sie ganz früh aus Rom hinaus nach Tivoli gefahren sind, als erste an der Kasse der Villa Adriana standen, Helene nackt unter leichtem Mantel »und weiß getüncht« – ja, und so stellte sie sich, noch niemand war in der Villa, an Säulen und in Nischen und stieg auf Podeste. Aber dann kam doch jemand, nicht nur jemand: eine ganze Gruppe Japaner. Ihr, Helene, sei nichts anderes übrig geblieben, als stur stehenzubleiben, bis die Japaner abphotographiert hatten und weitergegangen waren. »Auf wie vielen japanischen Photos ich wohl als nackte weiße Venus verewigt bin?«

*

Eine Beerdigung des Peterl war nach den Umständen seines Todes unmöglich. Hätte Monsignore Rohrdörfer ein förmliches Requiem gewagt? Zuzutrauen wäre es ihm gewesen. Oder? Es waren nur wenige Gläubige in der Kirche, meist ältere Frauen, zu deren Unterhaltung es zählt, zu Requien und Beerdigungen zu gehen, ob sie den Verewigten gekannt haben oder nicht. Kopfschüttelnd standen zwei vor dem Verkünd-Zettel neben der Kirchentür. »Haben Sie den kennt?« »Naa. Sie?« »Naa.« *Seelenmesse f. Herrn Peter Liebwerth: 7 Uhr 30.*

*

»Das Finale der Geschichte, das strettaartigen Charakter hat, schildere ich dir nicht in der Reihenfolge, wie ich die Ereignisse erfuhr«, so fuhr Carlone fort, »sondern setze es dir nach dem Mosaik auseinander, das sich aus dem ergibt, was ich selbst gesehen und gehört, was ich von anderen, namentlich vom *Meister* selber, erfahren habe, was in der Zeitung stand und was mir schließlich bei meiner Vernehmung durch den Staatsanwalt mitgeteilt wurde.

Unter der Dachkammer, die der *Meister* nach seinem Lebensscheitern wieder beziehen mußte, lebte in einer selbstverständlich größeren Wohnung –, wenn ich mich recht erinnere, umfaßte sie das ganze Stockwerk –, eine alte Generalswitwe namens – ich erfinde jetzt, wie sie wirklich hieß, weiß ich nicht mehr, vielleicht Schnellwitz auf Worstwitz im Havelland. Der *Meister* pflegte (pflog heißt das eigentlich richtig, aber wer verwendet diese schöne starke Beugung heute noch) etwas Umgang mit der Generalin, die sehr kultiviert und an Musik interessiert war. So etwa alle drei Wochen wurde der *Meister*, der ja spannend zu erzählen wußte, zum Tee eingeladen (den man in dem Fall eigentlich mit th schreiben sollte: Thee), manchmal zusammen mit einigen alten Freundinnen der Generalin.

Es war an einem 23. März, einem Tag, an dem vorangegangene Kälte brach und den Schnee auf den Straßen und Wegen zu schuhzerstörendem Matsch verwandelte. Nachmittags gegen vier Uhr, läutete es bei der Generalin. Sie bediente die Gegensprechanlage: ›Ja, bitte?‹ Eine Männerstimme antwortete: ›Tofandor.‹

Der Generalin sagte der Name nichts. Sie öffnete arglos. Der Lift summte, die Lifttür öffnete sich. Ich kannte die Örtlichkeit, besuchte ja den *Meister* hier und da, nicht mehr oft, wie gesagt. Ich kannte die Generalin flüchtig. Der Flur war finster und die Generalin extrem kurzsichtig und verlegte ständig ihre Brille. Wenn sie bei der Polizei später sagte, es sei ein sehr alter Herr mit einem langen, grauen Bart gewesen, so ist dem mit Vorsicht zu begegnen. Ganz genau aber sah sie die vor Schneematsch triefenden Schuhe, weshalb sie den Herrn auch nicht zu sich hereinbat, sondern unter der Tür sagte: ›Ich kaufe nichts.‹

›Nein, nein‹, sagte der Herr, ›mein Name ist Tofandor, Thremo Tofandor. Ich suche Herrn Dr. Wibesser.‹

›Herr Wibesser, der nicht Doktor ist, wohnt oben. Einen Stock höher. Guten Tag.‹

Ich sah den *Meister* erst vierzehn Tage später. Ich war wieder einmal verreist ...«

»Nach Venedig? in die *Madonna?*«

»Nein, nach Berlin, glaube ich. Als ich zurückkam, lag ein Zettel im Briefkasten: ›Muß dich dringend sprechen. Meister.‹ Als ich ihn sprach, hatte er den ersten Schreck schon überwunden. Jeder wäre zunächst, salopp gesagt, neben den Schuhen, wenn einem ein leibhaftiges Gespenst begegnet, sofern man bei einem Gespenst von ›leibhaftig‹ reden kann.

›Da hat sich jemand einen Scherz mit dir erlaubt‹, sagte ich.

›Wer sollte das sein? Wer sollte Interesse dran haben?‹

›Ich nicht‹, sagte ich und lachte.

›Du hast leicht lachen‹, sagte er, ›die Situation war sehr ernst.‹

Der *Meister* war gerade damit beschäftigt gewesen, ein Concerto grosso Telemanns zu modernisieren, zu verunstalten, umzuinstrumentieren (u.a. Saxophone, viel Schlagzeug), die Sätze durcheinanderzuwursteln und aus dem ganzen Salat die Tondichtung *Der Große Europo* op. 49 von Thremo Tofandor zu destillieren.

›Was ist das?!‹ habe Tofandor gefragt. Man kann sich vorstellen, wie verdattert der ohnedies ängstliche *Meister* war.

›Ich hätte das nicht tun sollen‹, sagte der *Meister* zu mir. ›So etwas tut man nicht‹, zerknirscht wie ein Sünder.

›Bist du sicher‹, sagte ich, ›daß du den Tofandor wirklich erfunden hast? Nicht irgendwie, so was kommt ja vor, den Namen vor langer Zeit gelesen, scheinbar vergessen hast, doch im unbewußten Gedächtnis ganz hinten gespeichert, von wo er dann als eigene Erfindung wieder aufgetaucht ist?‹

›Nein‹, sagte der *Meister*, ›das heißt: ja. Ich bin mir nicht mehr sicher.‹

›Und wie war das, er ist dann wieder gegangen? Mit Drohungen?‹

›Mit dunklem Murmeln…‹

Er habe, sagte der *Meister*, nachgerechnet: Tofandor, der von ihm erfundene Tofandor, müsse gut achtzig Jahre alt sein. Der Tofandor, der ihm da gegenübersaß, war deutlich jünger. Vielleicht sechzig, fünfundsechzig. Aber er könne sich getäuscht haben. Es sei ja auch dunkel in seiner Dachkammer. Er käme wieder, habe Tofandor gesagt, habe seinen Stock genommen und sei gegangen.

›Wann?‹

›Das hat er nicht gesagt.‹

Ich konnte nicht sagen: Ruf mich an, wenn er da ist. Ich bin schnell bei dir – denn der *Meister* hatte aus Gründen der Sparsamkeit kein Telephon. *Handys* gab es damals noch nicht. Man staunt, wie wenig lang die Zeit zurückliegt, in der es noch keine Handys gab.

Du hast von dem rätselhaften Mord nicht gelesen? Es stand doch in allen Zeitungen.«

»Du weißt, daß ich schon lange im Ausland lebe. So lange schon, daß für mich inzwischen Deutschland das Ausland ist. Ich lese keine ausländischen Zeitungen.«

»Tofandor kam wieder. Er war diesmal freundlicher, trank sogar eine Tasse Tee, sprach übers Wetter. Vergeblich versuchte der *Meister* die Rede auf die Musik zu bringen, Tofandor winkte ab.

Eine entscheidende Rolle spielte bei den nachfolgenden Ermittlungen der dritte Besuch Tofandors beim *Meister*. Tofandor, wer immer sich hinter dieser Maske verbarg – oder doch ein echter Tofandor? Oder ein Gespenst? –, läutete wieder bei der Generalin unten, bat in vollendeter Höflichkeit um Entschuldigung für die Störung, erklärte, daß er leider Herrn Wibesser oben nicht angetroffen habe, er lasse seine Karte da:

Thremo Tofandor

Komponist – Compositeur

Tel. 4447077

(es wird aber nicht abgehoben)

Genauso eine kuriose Visitenkarte hatte der *Meister* einmal drucken lassen und juxhalber verteilt.

Kurz nachdem Herr ›Tofandor‹ sich von der Generalin verabschiedet hatte, ging – so die späteren zeitlichen Überlegungen – bei der Polizei ein anonymer Anruf ein, daß in der Wohnung Sowiesostraße Nummer sowieso im obersten Stock eine Leiche liege. Des *Meisters* Adresse.

Die Tür war offen, der *Meister* in seiner Dachkammer tot auf dem Bett liegend. Vergiftet. Auf dem Tisch zwei Gläser und eine angebrochene Flasche Portwein. In einem der Gläser Spuren eines rasch wirkenden Giftes.

Tofandor – die Suche begann. Die Kriminalpolizei sah sich plötzlich in die Musikwissenschaft verstrickt. Zwei Adressen: eine in Eppan in der Provinz Bozen, eine in Attnang-Puchheim. An keiner der Adressen wohnte oder hatte je ein Thremo Tofandor, auch kein Ralf Schlierenzer gewohnt. Die Telephonnummer auf der Visitenkarte war rätselhaft. Die Polizei machte sich viel Mühe: Auf der ganzen Welt paßte die Nummer, wenn man die entsprechende Vorwahl anfügte, nur auf ein Schuhgeschäft in Sao Paulo. Die brasilianische Polizei observierte monatelang dieses Schuhgeschäft, aber ein Mann, auf den die – höchst ungenaue – Beschreibung der Generalin oder die vielfach divergierenden Bilder (darunter sogar eines von Andreas Hofer) paßten, die in diversen Arbeiten über Tofandor abgedruckt waren, tauchte nicht auf.

Dutzende von Verdächtigen wurden vernommen, Männer, die den etwa fünfzehn Bildern glichen, die die mehr oder weniger gutgläubigen Fortsetzer von des *Meisters* Fälschung ihren mehr oder weniger ausführlichen Tofandor-Aufsätzen und -Biographien beigegeben hatten. Hinter was man da alles kam! Hatte da einer das verfremdete, spiegelverkehrte Photo seines von ihm gehaßten Schwiegervaters verwendet, ein anderer ein Jugendbildnis Anton Bruckners, wieder ein anderer hatte sein eigenes, bis zur Unkenntlichkeit mißlungenes Paßphoto verwendet, eine besonders freche Fälschung war ein mit einem Spitzbart versehenes en-face-Bild von Adorno. So wurde auch Adorno verdächtigt. Der war aber schon tot. Ein offenbar durch den ganzen Palawatsch irre gemachter Journalist meldete, daß Adorno von Tofandor umgebracht worden sei …

Und so fort.

Peinlich wurde es für einen Menschen aus Wibbelsfleth, der Todanfor hieß, mit Vornamen allerdings Ybbo. Der kam sogar für einige Tage in Untersuchungshaft. Es stellte sich freilich heraus, daß dieser Todanfor nichts mit dem Mord zu tun hatte, gleichzeitig kam aber ans Licht, daß der Mann seit Jahren Holzschuhe fälschte, das heißt, solche herstellte und als echte holländische verkaufte – dabei stammten sie nur aus Wibbelsfleth.

Aber es gab noch ganz andere Sachen«, sagte Carlone. »Ein stark phantasiebegabter Kriminaler befragte die alte Generalin so lange, daß sie seine Vermutung, beim Mörder Tofandor handle es sich um eine verkleidete Frau, als *möglich* bestätigte. Es erhob sich danach die Frage: War nur der Tofandor, der den Mord begangen hatte, als Frau verkleidet, oder war überhaupt der ganze Tofandor eine verborgene Frau? Es soll lang darüber nachgedacht worden sein. Ergebnislos.«

»Verwirrung stiftete«, fuhr Carlone fort, »der Hinweis auf einen zu Lebzeiten des *Meisters* erschienenen, mehr feuilletonistischen Aufsatz des Kulturjournalisten Kladderatz (oder so ähnlich) in einer großen deutschen Wochenzeitung: *Ein Besuch bei einem außerhalb der Zeit*. Es ist jener Kladderatz, auf dessen Webseite zu lesen ist, er sei ›ein Weltfresser, Stier und Torero zugleich‹. Darin schilderte dieser Kladderatsch (oder so ähnlich), wie er nach Eppan in Südtirol gefahren sei, unangemeldet vor das Haus des Tofandor getreten sei und hinter einem starken Eisendrahtzaun, mit zusätzlichem Stacheldraht obendrauf, den Komponisten in eine alte braune Cordhose gekleidet und mit einem langen roten Gartenschlauch den Garten wässernd, vorgefunden habe. Es wird dann ausführlich geschildert, daß Tofandor zunächst mürrisch und abweisend gewesen sei, nahe daran, den unerwünschten Besucher naßzuspritzen. Dann aber habe er das tiefe Interesse Kladderatsch' an seinem Werk erkannt und ihn hereingebeten. Ich habe den Artikel mit dem *Meister* gemeinsam gelesen, wir haben uns schiefgelacht. Es folgte die Schilderung eines langen, tiefsinnigen Gesprächs, in dem Tofandor und vor allem Kladderatsch kostbare Meinungen über Kunst und Geist von sich gaben.

›Irgendwoher‹, hatte damals der *Meister* gesagt, ›kenne ich diese Szene: der Mürrische hinter dem Gitterzaun, den Garten wässernd. Irgendwo habe ich das schon gelesen.‹ Viele Jahre später, lange nach dem Tod des *Meisters*, bin ich darauf gestoßen: Dieser Kladderatsch hat nicht nur die Stirn gehabt, das Ganze da zu erfinden, er hat diese ganze Situation abgeschrieben – bei Arno Schmidt.

In *Kühe in Halbtrauer*. Sogar den roten Schlauch und die braune Hose hat der Journaltropf abgekupfert. Ja. Arno Schmidt. ›Trotzreemtsma, um arnoschmidt'sch zuReden, unter – schädsd. Ich würTihm *postum* 3mal denNobelpreißß pferlein.‹

Nun aber: Ein literarisch belesener Staatsanwalt hat das Kladderatsch-Elaborat gelesen und ist auf die beliebte Dienstreise gegangen. Nach Eppan in Südtirol. Es hat so ziemlich nichts gestimmt, nur der Eigentümer oder Besitzer oder Bewohner des Hauses hat tatsächlich den Garten gewässert. Und den Staatsanwalt vollgespritzt. Sich später dann entschuldigt. War natürlich nicht Tofandor.

Auch ich wurde selbstverständlich vernommen, als ein enger Freund des Toten. Ich versicherte, daß es Thremo Tofandor nicht gab, daß der *Meister* ihn erfunden hatte. Man glaubte mir nicht, und so jagte man einem Phänomen nach, das offenbar absichtlich ein sozusagen negatives Alibi konstruiert hatte: Er und nur er konnte es gewesen sein, der dem Opfer das Gift beibrachte.

Ich mußte auch mit zwei Kriminalern in des *Meisters* Dachkammer. Ob etwas fehle? Nein, soweit ich sah. Ein Raubmord ohnehin angesichts aller Umstände ausgeschlossen. Die geringe Barschaft unberührt in des *Meisters* Jackentasche. Der einzige Wertgegenstand, eine schöne goldene Sprungdeckeluhr (ein Erbstück von des *Meisters* Vater), lag auf dem Stuhl neben dem Bett.

Wer konnte Interesse am Tod des *Meisters* haben? Die

geschiedene Frau, klar. Auch ich hatte nicht hinter dem Berg mit den – milde gesagt – Spannungen gehalten, die zwischen den Exeheleuten geherrscht hatten. Aber Emma hatte ein überaus hieb- und stichfestes Alibi: Sie war inzwischen in der Redaktion einer Provinzzeitung in ihrer schwäbischen Halbheimat untergekommen. Sie und ihr neuer Freund, der Juniorchef eines größeren holzverarbeitenden Betriebes, waren zur betreffenden Zeit bei einem Umweltkongreß in Ravensburg, über den Emma berichten sollte.

Ein Mord ohne Mörder«, schloß Carlone, »und jetzt brauche ich noch einen Fernet Branca.«

Kein Wunder, dachte ich.

*

Wir trafen einander am Tag drauf noch einmal, hatten uns in der Bar *Algiobarò* verabredet, an den Fondamenta Nuove, nahe der Anlegestelle des Boots zum Flughafen, Carlone schon mit dem Koffer, hatten es aber so geplant, daß noch Zeit für einen *Spritz* war.

»Was ich erst viel später erfuhr«, sagte Carlone, »ist, daß die Raimer neben dem Holzmenschen noch einen heimlichen Freund hatte, einen pensionierten Oberstudienrat von etwa siebzig Jahren. Seinen Namen habe ich nie erfahren, dennoch ging ich zur Polizei. Man interessierte sich nicht mehr dafür, der Fall war schon *ad acta* gelegt: wahrscheinlich Selbstmord aus Verzweiflung. Noch später fiel mir ein weiteres Detail ein: Es fehlte nämlich, rekonstruierte ich, doch etwas, nämlich die Handschrift des *Meisters* von ›Emmas‹ Dissertation. Auch dafür interessierte sich die Polizei nicht. Aber jetzt kommt, glaube ich, mein Boot. *Ci vediamo a Venezia.*«

*

Nach der Beerdigung des *Meisters*, bei der, das muß man ihm lassen, der Göttliche Giselher eine berührende Grabrede hielt, ging ich mit Carlone und noch ein paar Freunden auf ihre Einladung zu Helene Romberg in die Wohnung im Rondell. Im Flur hing jetzt neben dem bewußten Bild eine Photographie Rohrdörfers: im Ornat, und es »küßt« ihn eine Katze.